陰陽師

生成姫

陰陽師系列 第九部

夢枕獏——著

茂呂美耶——譯

新版推薦序

伴隨《陰陽師》系列小說十五年有感

承接《陰陽師》系列小說的編輯來信通知，明年一月初將出版重新包裝的第一部《陰陽師》，並邀我寫一篇序文。

收到電郵那時，我正在進行第十七部《陰陽師螢火卷》的翻譯工作，而且，由於晴明和博雅這兩人拖拖拉拉了將近三十年的曖昧關係（中文繁體版則爲十五年），終於有了一小步進展，令我陷入興奮狀態，於是立即回信答應寫序文。因爲我很想在序文中向某些初期老粉絲報告：「喂喂喂，大家快看過來，我們的傻博雅總算開竅了啦！」

其實，我並非喜歡閱讀BL（男男愛情）小說或漫畫的腐女，《陰陽師》也並非BL小說，但是，我記得十多年前，曾經在網站留言版和一些《陰陽師》死忠粉絲，針對晴明和博雅之間的曖昧感情，嬉笑怒罵地聊得鼓樂喧天，好不熱鬧。

說實在的，比起正宗BL小說，《陰陽師》的耽美度其實並不高。就我個人觀點而言，這部系列小說的主要成分是「借妖鬼話人心」，講述的是善變的人心，無常的人生。可是，某些讀者，例如我，經常在晴明和博雅的對話中，敏感地聞出濃厚的ＢＬ味道，並爲了他們那若隱若現，或者說，半遮半掩的愛意表達方式，時而抿嘴偷笑，時而暗暗奸笑。

身爲譯者的我，有時會爲了該如何將兩人對話中的那股濃濃愛意，翻譯得不露骨，但又不能含糊帶過的問題，折騰得三餐都以飯糰或茶泡飯草草果腹，甚至一句話要改十遍以上。太露骨，沒品；太含蓄，無味。所幸，這種對話不是很多。是的，直至第十六部《陰陽師蒼猴卷》爲止，這種對話確實不多。

然而，我萬萬沒想到，到了第十七部《陰陽師螢火卷》，竟然出現了令我情不自禁大喊「喂喂，博雅，你這樣調情，可以嗎？」的對話！不過，請非腐族讀者放心，這種對話依舊不是很多，況且，說不定我們那個憨厚的傻博雅，不明白自己說的那些話其實是一種調情。而能塑造出讓讀者感覺「明明在調情，但調情者或許不明白自己在調情」的情節的小說家夢枕大師，更令人起敬。

話說回來，不論以讀者身分或譯者身分來看，《陰陽師》系列小說最吸引我的場景，均是晴明宅邸庭院。那庭院，看似雜亂無章，卻隨著季節交替輪換而自有一番情韻。倘若我在進行翻譯工作時的季節，恰好與小說中的季節相符，我會翻譯得特別來勁，畢竟晴明庭院中那些常見的花草，以及，夏天吵得不可開交的蟬鳴和秋天唱得不可名狀的夜蟲，我家院子都有。只是，我家院子的規模小了許多，大概僅有晴明宅邸庭院的百分或千分之一吧。

爲了寫這篇序文，我翻出《陰陽師飛天卷》、《陰陽師付喪神卷》、《陰陽師鳳凰卷》等早期的作品，重新閱讀。不僅讀得津津有味，甚至讀得久違多年在床上迎來深秋某日清晨的第一道曙光。

此外，我也很佩服當年的自己，竟然能把小說中那些和歌翻譯得那麼美。不是我在自吹自擂，是眞的。我跟夢枕大師一樣，都忘了早期那些作品的故事內容，重讀舊作時，我眞的在文字中看到當年爲了翻譯和歌，夜夜在書桌前和古籍資料搏鬥的自己的身影。啊，畢竟那時還年輕，身子經得起通宵熬夜的摧殘，大腦也耐得住古文和歌的折磨。如今已經不行了，都盡量在夜晚十點上床，十一點便關燈。因爲我在明年的生日那天，要穿大紅色的「還曆祝著」（紅色帽子、紅色背心），慶祝自己的人生回到起點，得以重新再活一次。

如果情況允許，我希望能夠一直擔任《陰陽師》系列小說的譯者，更希望在我穿上大紅色背心之後的每個春夏秋冬，仍可以自由自在穿梭於晴明宅邸庭院。

茂呂美耶

於二〇一七年十一月某個深秋之夜

目錄

新版推薦序 伴隨《陰陽師》系列小說十五年有感 2
序卷 安倍晴明 7
卷一 源博雅 65
卷二 相撲大會 113
卷三 鬼笛 139
卷四 丑時參拜 169
卷五 三腳鐵環 205
卷六 生成姬 249
後記 315

序卷

安倍晴明

一

陽光中下著比針還細的細雨。

纖細柔軟的雨。

縱使走在外頭，大概絲毫也不會感覺身上衣服淋濕了。雨絲閃閃發光，有如無數自天而降的蜘蛛絲，落在庭院草叢和樹葉上。

雨絲也輕觸庭院水池，幾乎未激起任何漣漪，即令觀望水面，也看不出雨絲落下來了。

池邊種植著紫菖蒲。松葉、楓葉。柳葉及花期已畢的牡丹葉，都讓雨絲潤溼了，分外鮮豔奪目。

即將凋落的白芍藥花瓣也濕淋淋含著雨水，沉重不堪地垂下頭。

水無月①初。

安倍晴明坐在圓草墊上，目光投向左方庭院，對面坐著廣澤的寬朝僧正。

地點是位於西京廣澤的遍照寺僧房。

「天空很明亮……」

寬朝僧正透過垂在屋簷下的柳葉，仰望上空說。

①陰曆六月。

說是上空，也並非可以望見青空。薄雲蔽空，整片天空發出銀光。雖不知太陽躲在哪裡，但柔和的陽光不知自何處照入，雨絲正是在此陽光中淅瀝下著。

「雨季應該快結束了吧？」寬朝僧正說。

他說此話，倒不是期待晴明會答覆。

「是……」

晴明紅脣含著似有若無的微笑，身著寬鬆的白色狩衣，並未循著寬朝僧正的視線，仍望向庭院。

「雨是水，池也是水。雨持續下時，人稱之為梅雨；積存地面時，人稱之為水池。依照雨水當下的狀態而時時改變稱呼。然而，水的本質其實未曾變化……」寬朝僧正有感而發。

寬朝僧正望向晴明。

「晴明大人，我最近老是為天地間習以為常的現象感到萬分驚訝。」

廣澤的寬朝僧正，是宇多天皇皇子式部卿宮（即敦實親王）的兒子。母親是左大臣藤原時平的女兒。

他年輕時出家，成為眞言僧。天曆二年（九四八），於仁和寺接受金剛界、胎藏界二部教法灌頂，由律師②寬空主持。

---

②日本僧官制度中的官職，位於僧正、僧都之下。

他承襲了空海所建立的眞言宗東密之正統。傳說他力大無窮，《今昔物語集》中記載了一則相關軼聞。

「今日承蒙大師相助，才得以拜讀如此珍貴文物。」

晴明將視線落在自己與寬朝之間的方木盤。

木盤上擱著一卷卷軸。

卷軸表面寫著：

「詠十喻詩，沙門遍照金剛文」

所謂「遍照金剛」，正是弘法大師空海。

喻，是比喻之意，換句話說，卷軸內是空海所寫的十首佛法比喻詩。

「這是大師大人的親筆。我偶然從東寺那兒得手，想說晴明大人大概有興趣，才請您來看看。」

「看了此詩，可以深深理解，若語言是一種咒，記載語言的書籍，其實也是一種咒。」

「按您的說法，雨水和泡沫，本質均是水。只因二者所中的咒不同，外觀才不同嗎？」

「是。」晴明點頭。

方纔晴明讀過的卷軸中，有一首空海親筆寫的〈詠如泡喻〉詩。寬朝說

的正是這首詩。

詠如泡喻

天雨濛濛天上來
水泡種種水中開
乍生乍滅不離水
求自求他自業裁
即心變化不思議
心佛作之莫怪猜
萬法自心本一體
不知此義尤可哀

濛濛細雨自天而降，大小不一的種種水泡在水中開放。

水泡頃刻出現，又頃刻消滅，但水其實不離水的本質。水泡到底基於水本身的性質而生？或基於其他原因與條件而生？非也，那是基於水本身的性質而結爲水泡，是水自身的一種作用。

如同水會產生大小不一的水泡般，眞言行者內心也會萌生種種變化與心思，看似不可思議，此變化實爲內心佛陀所致。

猶如水泡再怎麼改變大小形狀，本質依舊是水的道理一樣，人心再怎麼多變，人心本質的佛陀也始終不變。

此事莫猜疑。

世上存在的所有物事與人心，本就渾然一體。

不知此道理的人，實在很悲哀。

詩的大意應該是如此。

「這詩的意思是說，這世上，是由物事本質的佛陀及水泡般的咒所構成的？」寬朝像是丟謎語給晴明般發問。

「佛陀的存在，不也是一種咒嗎？」晴明道。

「啊呀，您如此說，在我聽來，宛如這世間本質及人的本質，都是一種咒。」

「是，我正是此意。」

「這眞是……」寬朝愉快地笑出聲。「您講的眞是太有趣了，晴明大人。」

寬朝拍著膝蓋時，不知何處傳來騷鬧聲。

「是成村。」

「是恆世。」

騷鬧聲中夾雜這般話語。

方纔，彼方就傳來幾人言來語去的交談聲，聽起來，交談愈來愈激動，聲音愈來愈大。

「那是？」晴明問。

「文月③七日將舉行相撲大會，公卿們爲了此事爭論不休。」

「我聽說，海恆世大人與眞髮成村大人將在堀河院進行比賽。」

「正是這事啊。那些貴族子弟正是因此特意到我這兒，問我到底誰會贏。」

「結果呢？您預測誰會贏？」

「我還沒跟他們談話。那些人擅自在那邊吵而已。」

「因爲我來打攪了？」

「沒那回事。晴明大人是我遣人捎信去邀請來的；那些貴族子弟是不請自來的。」

「不請自來？」

---

③陰曆七月。

「他們好像認爲我是相撲界的權威，其實大家都誤會了。」

「不過，我也聽說過寬朝大人具有怪力。」

「雖說力氣大，但相撲並非僅憑力量就能得勝呀。」

「眾公卿正是想聽您說這句話吧？」晴明微笑。

「可是，眞傷腦筋。看來，我在仁和寺的風聲，過於誇張了……」

寬朝伸出右手貼在頭上，滑溜地撫摩了光頭。

「那風聲也傳到我耳裡了。聽說您將盜賊一腳踢到屋頂。」

「晴明大人，連您也覺得那風聲很有趣嗎？」

「是。」晴明一本正經地點頭。

寬朝所說的「仁和寺的風聲」，亦載於《今昔物語集》。內容大致如下：

廣澤的寬朝僧正雖身居廣澤遍照寺，卻也兼任仁和寺住持。

那年春天，仁和寺落雷，損毀了一部分正殿。爲了修復，正殿外側搭了腳架，眾多工匠每天來施工。

半個月前——

修復工程頗有進展。一天傍晚，寬朝僧正心血來潮，想看看到底還要多久才能完工，於是在法衣上束上腰帶，穿上高齒木屐，拄著手杖，單獨出門前往仁和寺。

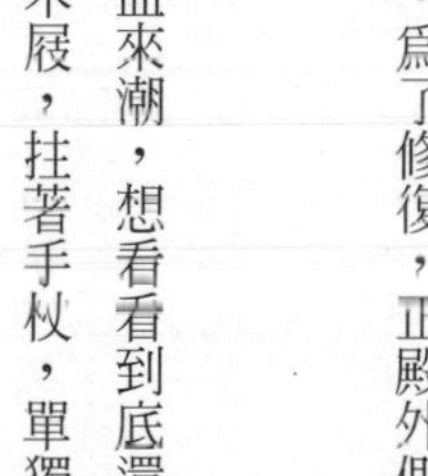

他在腳架中環視四周時，不知自何處冒出個可疑男子，蹲在面前。

那人身穿黑色裝束，烏帽壓得很低，遮住眼眉。當時已是傍晚，昏暗中看不清那人的五官。

仔細一看，僧正發現男子不知何時拔出長刀，以右手倒握，藏在身後。

然而，寬朝不慌不忙，沉穩地詰問對方：

「你是誰？」

「窮途潦倒，淪落到吃都成問題的地步，如今，連可報予人知的名字都已失去了。」黑裝男子低聲道。

「有甚麼事？」

「我想要一兩件你身上穿的衣物，才出現在你面前。」

聽對方如此說，寬朝毫無所懼，反倒愉快地說：

「原來是盜賊。」

盜賊本想趁機砍殺上去，聽寬朝如此說，竟情不自禁失去出手時機。

若對方恐惶悚懼，或逞強撲過來，盜賊便可順勢揮刀，但寬朝過於從容不迫，令盜賊失去氣勢。

話雖如此，盜賊還是重振精神，調轉刀鋒，刀尖指向寬朝僧正。

「想惜命的話，把身上衣服都脫下，擱在此地。」

「我是出家人，你想要衣物的話，我隨時都可以施捨。只要你方便時，到我那兒來，向我說，肚子餓得很又沒錢，能不能請你給我幾件衣物？這樣就行了。可是，你卻舉著明晃晃的刀刃逼我，這我就不稱心了。」

「囉唆，住嘴！」

僧正躲過盜賊砍過來的刀鋒，繞到他背後。

隨意踢向盜賊臀部

僧正舉腿往盜賊屁股一踢，只聽盜賊哇地一聲，飛了出去，不見蹤影。

「咦？」

寬朝四處搜尋盜賊身影，卻尋不著。

既然如此，就讓別人找找看。寬朝走到僧房，向裡面招呼。

「有人在嗎？」

僧房跑出幾位法師。

「原來是寬朝僧正大人，這個時候，您為何到此地……」

「我來看看修復工程進度。」

「可是，您如此大聲叫喊，是否出了甚麼事？」

「剛剛遇見個想搶我衣物的盜賊，那傢伙，用長刀砍我。」

「您受傷了？」

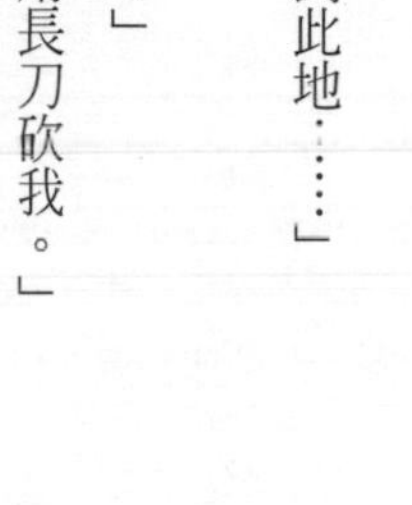

「沒有。你們快提燈火出來。盜賊想砍我，我躲過了，順勢踢了他屁股一腳，結果一踢，對方人就不見了。你們幫我找找看。」

「寬朝僧正大人遭遇強盜了！快提燈火出來……」

一名法師揚聲大喊，另幾名法師準備了火把，藉著火光開始尋找盜賊。

正當眾法師高舉火把在腳架間搜尋時，上方傳來呻吟聲。

「痛啊，痛啊……」

將火把舉向上方，原來有個黑裝男子，夾在腳架上方哼哼呻吟。

法師立即爬上去，只見挨寬朝怪力一腳踢飛的那盜賊，手中還握著長刀，一副可憐樣望著法師。

寬朝將那盜賊帶回僧房，脫下身上衣物給他，向他說：

「你聽好，以後可不能再幹這種事了。」

說畢，就讓盜賊離去。

不愧是廣澤的寬朝僧正大人，不僅力大無窮，更願意施捨衣物給襲擊自己的盜賊……

據說，在場眾法師均欽佩莫名。

這就是傳說的大致始末。

「傳言總免不了添枝加葉。實際情況是，挨了我一腳的盜賊，自己攀逃到腳架上，不愼失足摔倒，結果動彈不得。」寬朝僧正向晴明說。

「這樣也好啊，僧正自己無須特意向大家解釋事情經過吧。正因爲寬朝大人德高望重，才會滋生此類風聲。雖然不比空海和尚的水泡比喻，但僧正您自己的本質，也不會因謠傳而有所改變。」

「是。」寬朝僧正苦笑點頭。「反正是無害謠傳，就當作眞有這麼一回事好了。」

剛說完，彼方僧房的騷鬧聲益發響亮。

看樣子，貴族子弟順著窄廊④往這邊走過來了。

「大概我獨占寬朝大人太久，他們等得不耐煩了。」

晴明還未語畢，那些貴族子弟已挨近，其中一人歡天喜地說：

「喔，果然是安倍晴明大人。」

「是晴明大人。」

「眞是稀客。」

年輕貴族子弟在窄廊互相如此交談，向晴明投以好奇眼光。

「噢，原來他們的目的不是我，晴明大人，看來是爲您而來。」

寬朝僧正笑嘻嘻地向晴明低語，再轉向眾貴族子弟。

「晴明大人是我請來的客人。我們正在談話，你們過來打攪不說，還用

④日文為「濡れ縁（ぬれえん，nure-en）」，為搭在落地窗外的長臺，離地約一階高，可坐在其上休憩。

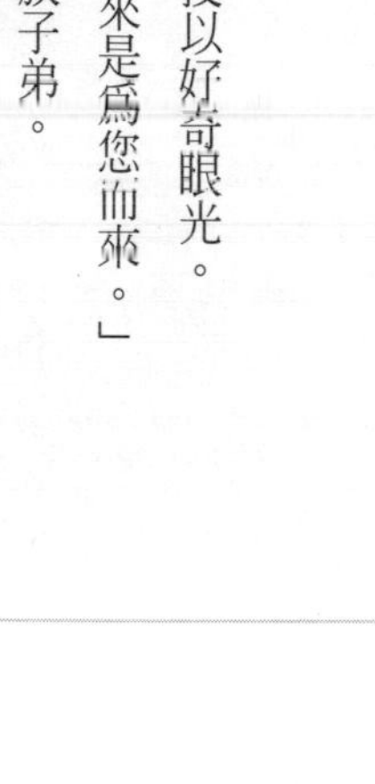

那種口吻說話，豈非太無禮？」僧正說。

「哦，失禮了。我們總是在儀式中才能看到晴明大人，罕得有機會如此靠近瞻仰晴明大人，所以……」

眾貴族子弟過意不去地頷首致歉，但他們眼中依舊不失好奇神色。方纔一直陪公卿子弟交談的幾位年輕和尚，也夾在眾人之間。

「我們在那邊討論這回已決定由海恆世與眞髮成村對決的比賽，因爲有人來通知我們，說安倍晴明大人駕臨……」年輕和尚說。

「所以我們想趁機請教有關法術的問題，明知這樣做雖很無禮，但還是過來了。」一名貴族子弟說。

「甚麼問題？」

聽晴明如此問，貴族子弟藉此機會嘁嘁喳喳開口。

「聽說晴明大人能施行種種法術。」

「聽說您能操縱式神，那麼，您也能操縱式神殺人嗎？」

「這是陰陽道的奧義，你們也問得太冒昧了。」晴明向年輕子弟說。

晴明那女人般的紅脣，隱約含著微笑。

他的嘴角，看似總含著微笑，但換個角度來看，那微笑，也看似在責難貴族子弟的無禮質問。

可是，無所畏懼的眾貴族子弟，再度追問。

「到底如何呢？」

「若光是能不能的問題……」晴明那細長清秀的雙眼望著眾貴族子弟，柔和地問：「你們之中有人願意試試嗎？」

「不，不，我們不是想請您試試。」被晴明盯住看的貴族子弟慌忙說。

「別擔心，想用咒術殺人沒那麼簡單。」

「雖不簡單，但還是能做到？」

「倒是有種種方法。」

「那麼，能不能請您不要拿人試，而拿其他東西試試？」一直沉默不語的一位子弟問。

「喔，這很有趣。」貴族子弟之間揚起贊同聲。

「既然如此，那邊池子裡的石頭上有隻烏龜，您能用法術殺死那隻烏龜嗎？」提議「拿其他東西試試」的子弟說。

眾人望向庭院池子，池子中央有塊露出水面的石頭，石頭上有隻烏龜正在休息。

不知何時，雨已停止，微弱陽光射進庭院。

「那邊芍藥花下，有隻蛤蟆，試試那個也可以。」

「蟲和烏龜都不是人，應該可以吧？」

「有道理。」

眾貴族子弟興致勃勃地異口同聲慫恿晴明。

「你們竟然敢在寺院內討論這種凶險問題。」晴明面不改色地說。

他將視線移向寬朝僧正，僧正只是浮出笑容，事不干己地說：

「怎麼辦呢？晴明大人。」

寬朝曾於幾年前，祓除了附在某位年輕宮廷女官身上的天狗妖。

寬朝自己當然也非常明白，法術不能隨便表演給人看。

然而，寬朝也很清楚，若言而不行，置之不理的話……

「那個安倍晴明其實沒甚麼本事。」

「叫他表演些法術給我們看，結果甚麼都不會就回去了。」

「那男人眞是有名無實。」

貴族子弟大概會在宮內如此流傳今日之事。

可是，縱使受貴族子弟慫恿，無論對方是蟲或烏龜，也不能隨意在寺院內殺生。

寬朝似乎已決定作壁上觀，打算看晴明如何解決此問題。

「這樣也好啊。」寬朝僧正模仿方纔晴明說過的話。「反正是餘興。正如水泡。無論表演甚麼，或沒表演甚麼，晴明大人的本質，也不會因表演而有所改變。」

寬朝僧正興致盎然地觀望晴明與眾貴族子弟。

「寬朝僧正大人，依我看，那隻烏龜及那隻蛤蟆，歲數都很老了，牠們每天都在此地聽聞您誦經嗎？」晴明問。

「是。」

「原來如此。」

晴明飄然站起身，宛如身體毫無重量。

「無論任何生物，殺生都是輕而易舉，但要讓牠們死而復生，則非常困難。無謂的殺生是一種罪孽，我實在不想做，不過，也沒辦法了。」

晴明走到窄廊，伸出細長右手的食指與拇指，自垂落於屋簷下的柳樹枝，摘下一片柳葉。

「若施行法術，光是這般柔軟的一片柳葉，也能粉碎你的手掌。」

晴明凝望那個提議殺池子烏龜的貴族子弟，向他露出白皙牙齒。

眾貴族子弟與和尚，現下都聚集在窄廊，探著身子，深恐漏聽了晴明所說的任何話。

晴明將指尖所夾的柔軟柳葉，舉至幾乎碰觸紅唇之處，低聲唸起咒文。

鬆開手指，那片柳葉離開晴明指尖，明明無風，卻在半空翩翩飛舞。

接著，晴明又摘下一片柳葉，舉到唇邊，同樣低聲唸起咒文。鬆開指尖，這片柳葉也猶如追趕另一片柳葉般，在半空翩翩飛舞。

眨眼間，第一片柳葉已飛到烏龜上方，飄然降落於烏龜背上。就在柳葉看似降落在烏龜背上時——

喀哧。

龜殼發出聲響，像被大岩石壓垮，龜裂了。

「喔！」

「哎呀！」

眾人揚起驚叫時，另一片柳葉飄然降在蛤蟆背上。

剛觸及，蛤蟆就被柳葉壓扁，內臟四處飛濺。

其中二、三片四散的內臟，飛濺到在窄廊探身觀望的貴族子弟這兒，黏在他們臉上。

「哇！」

眾貴族子弟縮回身，往後退步。

他們臉上交雜著讚賞與畏怯，紛紛說道：

「太厲害了。」

「眞是駭人的法術。」

等他們的喧鬧聲停歇後，晴明才一本正經開口：

「聽說蛤蟆和烏龜，每天都聆聽寬朝僧正大人誦經。或許牠們已獲靈力，能聽懂人語。」

眾人不知晴明到底想說甚麼，臉上浮出不安的神情，這位赫赫有名的陰陽師，語帶威脅繼續說：

「若是如此，改日某夜，死去的烏龜或蛤蟆，很可能會向你們之中的哪位復仇吧。」

眾貴族子弟臉上的不安轉爲恐懼。

「您是說，那隻烏龜或蛤蟆，會向我們作祟？」

「怎麼可能？怎麼會……」

眾人面無血色。

「我並非說一定會，只是說很有可能而已。」

「到時我們該怎麼辦？」

「牠們大概是聆聽寬朝僧正大人誦經，才獲得靈力，所以到時候你們就來和寬朝僧正大人商量，僧正大人一定會幫你們解決問題。」

聽晴明如此說，眾貴族子弟求情般望向寬朝僧正。

「萬一眞發生這種事，請大人救我們。」

「萬事拜託大人。」

聽眾子弟這般說，寬朝僧正也只能苦笑回答：

「明白了，你們放心吧。」

年輕和尚及貴族子弟們離開後，四周安靜下來，晴明向寬朝頷首致意。

「寬朝僧正大人，我就此告辭了。」

「不好意思，還讓您表演了一場出乎意料的餘興。」

「告辭之前，我想請求您一件事。」

「甚麼事？」

「庭院那隻烏龜和蛤蟆，我怕牠們眞會復仇，想奠祭在寒舍庭院內，您待會兒遣個伶俐和尚，讓他送烏龜和蛤蟆的屍骸到我那兒好嗎？」

「啊哈，原來如此，原來是這麼回事。」僧正點點頭，彷彿明白了某事。「沒問題。我會遣人帶那兩副屍骸送到府上。」

「那麼我告辭了……」搖曳著白色狩衣，晴明在窄廊邁開腳步。

退到另一棟屋子的年輕和尚及眾貴族子弟，察覺晴明離去的身姿。

「請多多指教。」

「晴明大人。」

晴明身後響起貴族子弟們的聲音，但他頭也不回繼續往前走。

好不容易才露臉的陽光，亮晃晃地射在晴明背上。

二

在此，重新說明一下安倍晴明這位人物。

安倍晴明——

是平安時代的陰陽師。

那麼，何謂陰陽師？

是平安時代的魔術師？

陰陽師和魔術師並非毫無交集，卻也距離稍遠。

咒術師——

這也有點距離。

那麼，方士這種說法呢？

方士——就是能施行種種不可思議奇術或方術的人。也就是方術師。

以用詞氛圍來看，距離的確近了些，但仍稍嫌不足。陰陽師的確會施行方術，不過，那只是陰陽師這種存在所具有的特徵之一，並非全部。

方士這個詞，仍殘留太多中國味。

而所謂陰陽師，雖具有來自中國的陰陽道思想背景，卻是我國獨有的稱呼，中國沒有陰陽師這種存在。

陰陽師是一種技術職業。

方纔所說的咒術師這名稱，若是依照其能力所給予的稱謂，那麼，陰陽師大體是依其職業所給予的稱謂。

此二者之間的微妙差別，若要以現代說法來表達，最通俗易懂的用詞，就是專家了。

暫且冠上這個詞看看。

「咒術專家」。

專業咒術師——距離相當近。

近歸近，但是，仍令人感覺某處沒相扣。

比如說，在「陰陽師」這個容器內，注入盛在「方術師專家」容器內的酒，即令全部傾入，還是會感到「陰陽師」這容器仍殘留未斟滿的空白。

不過，畢竟這是平安時代的特殊職業，本就難以替換成其他用詞吧。

陰陽師在朝廷服務，不但掌管種種占卜，甚至兼任類似醫生的工作。

當時，人們普遍深信，大部分疾病均是妖鬼或陰魂、咒術所致，陰陽師驅除或袚除附在病人身上的惡靈及妖物，讓病人痊癒。

陰陽師是此方面的專家。此外，能觀天文，也能觀方位。

除了觀星象推斷物事吉凶外，每逢貴族出門前往某處，他們也得判斷外出方向是好是歹。若外出方向出現凶兆，貴族必須先前往其他方向過夜，翌日再重新動身前往眞正目的地，此法稱爲「方違」。陰陽師深知這類事。

「方違」是爲了避開天一神逗留的位置，這位神，時常更換逗留場所。所以貴族每次外出時，首先必須查明天一神當天到底在哪個方向。而這位天一神的行動極爲複雜，外行人想查明，談何容易。

此時，便須仰賴此道高手陰陽師了。那時代，利用咒術詛咒人，或中別人的咒術，是司空見慣的事，而貴族爲了避開咒術保護自己，陰陽師是不可欠缺的存在。

平安時代，朝廷設有陰陽寮。根據「養老令」註釋書《令義解》，陰陽寮人員構成如下：

頭，一人。

助，一人。

允，一人。

大屬，一人。

小屬，一人。
陰陽師，六人。
陰陽博士，一人。
陰陽生，十人。
曆博士，一人。
曆生，十人。
天文博士，一人。
天文生，十人。
漏刻博士，二人。
守辰丁，二十人。
使部，二十人。
直丁，二人。
總計八十八人。
工作內容分爲以下四大範圍：
陰陽道。
曆道。
天文道。

漏刻。

陰陽道的工作，主要在判斷土地吉凶的堪輿與卜筮。

曆道，工作是制定曆書，決定日子吉凶等。

天文道，則是觀測月亮、星斗、行星等動靜，據以占卜物事吉凶，若出現彗星，必須思考彗星出現的意義。

漏刻，主要掌管時刻刻度。

以現代眼光來看，陰陽寮也可以說是平安時代的國家科學技術委員會。不但是掌握當時最新技術的場所，也是支撐平安時代精神的最大中樞。

安倍晴明任職天文博士。

天文博士的官位是正七品下，很低。而陰陽寮長官「頭」，官位是從五品下，自此才勉強可算殿上人⑤。

雖沒有資料記載安倍晴明任陰陽頭，但他的官位卻超越陰陽頭，是從四品下。

安倍晴明——

史料記載，他生於延喜二十一年（九二一），不過，這是自八十五歲的晴明於寬弘二年（一〇〇五）過世那年的記錄，倒算而得的數字。

父親是大膳大夫⑥安倍益材，根據《大日本史料》中所記載的〈讚岐國

⑤五品以上的貴族或六品以上的官員才能獲允進殿。

⑥專門負責天皇賞賜臣下的饗宴內容。

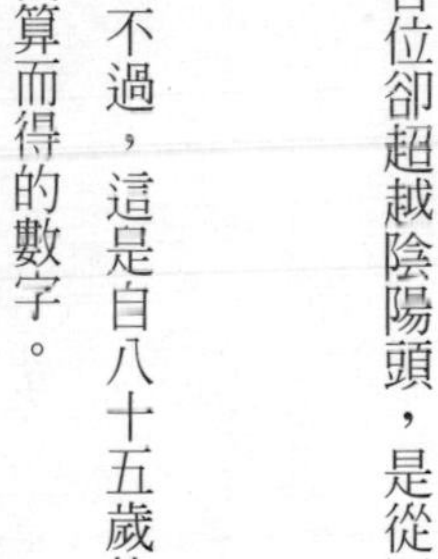

大日記〉及〈讚陽簪筆錄〉，晴明生於四國讚岐國香東郡井原庄。全無他幼年至青年時期間的正式記錄，若想探索他這時期的作為，只能以留在說話或傳說中的超現實軼事為指標，別無他法了。

若依據無以數計的此類資料，也可說是「安倍晴明物語群」的話，晴明的生年即可擴展至百年左右。有些資料說，他的先祖是在唐國過世的遣唐使安倍仲麻呂；也有資料說，父親不是安倍益材，而是安倍保名。

母親是住在信田⑦森林的狐狸，而根據《臥雲日件錄》，晴明自身也是「妖物」。

說話成為傳說，傳說又滋生物語，再成為能樂謠曲，也成為淨琉璃〈蘆屋道滿大內鑑〉。

到底哪個部分具有安倍晴明這人物的實體？左思右想，依舊不得要領。實在很有趣。

換個角度來看，在講述平安這特殊時代時，晴明那不得要領的部分，正是他能成為那時代焦點人物的部分也說不定。

平安時代，是風雅的黯黑時代。

妖鬼、人、妖物，均在同樣黯黑中呼吸。

人們深信，建築物或十字路口的陰暗處，有妖鬼、妖物存在。

⑦大阪府和泉市北部。

平安時代——打個比方來說，是在黯黑中隱約發出微弱亮光的金色存在。在黯黑中呼吸，似有若無的金色亮光。妖鬼、人及妖物，均屏氣凝神盯住那亮光……

眼前可浮現此影像。

在那黯黑中仰望上空，可見清澈皎潔的月亮。月亮旁，有一片發光浮雲。

這月亮。

月光。

甚或發光浮雲。

正是安倍晴明。

當然這只是形象而已，並無任何根據。

然而，每當我緬懷安倍晴明這人物時，出現於腦海中的總是這幅「畫」。

我想講述這幅畫的故事。

不是依據理論資料，也不是依據已成形的人物形象，我覺得，依據各種玉石混淆、由無數混沌所形成的物語來講述他的故事，不是最適合安倍晴明這位人物嗎？

三

根據《今昔物語集》，少年時的安倍晴明，曾在陰陽師賀茂忠行膝下修行。

賀茂忠行是平安時代的著名陰陽師，其子賀茂保憲也是聞名天下的陰陽師。

日本的陰陽道，日後將爲安倍晴明的土御門家與賀茂保憲的賀茂家兩大派所支配，保憲正是另一方之雄。

晴明與保憲，是賀茂忠行膝下的師兄弟，又根據其他資料，晴明其實是保憲的弟子，這部分不太明確。

話說回來——

安倍晴明在賀茂忠行膝下修行時，到底是怎樣的一個少年？

想像中，應該是個膚色白皙，鵝蛋臉，相當美貌的童子。

他身上才氣如香氣四溢——如此描述的話，比較通順，不過，他應該年輕時便擅於待人處世，故意隱藏才氣吧。

只是，肯定偶爾也會藏不住，以出人意表的狂妄表情及老成口吻，同大人交談。

因歲數不足，令他無法完全接納人類的愚鈍，或許有時會情不自禁對四周愚笨的大人，吐出辛辣言詞。

年幼晴明的表情及視線中，說是含有孩童的可愛，不如說含有更銳利的神色吧。

某天夜晚——

少年晴明同幾個隨從，跟隨賀茂忠行前往下京。

搭的是牛車。

忠行坐在牛車內，包括晴明，其餘人都是徒步。

深夜——

橢圓月亮懸掛上空，忠行在牛車內熟睡。

牛車咕咚咕咚在京城大街行進。

少年晴明不經意抬眼望向前方，前方好像有可疑動靜。有一團模模糊糊類似雲氣的物體，盤踞前方，且那物體看似逐漸挨近。

仔細一看，原來是妖鬼集團。

青面獠牙惡鬼群輩往牛車前來

他們遇上了百鬼夜行。

一行人中，唯獨晴明看見那群妖鬼挨近的模樣，其他隨從似乎不覺。

晴明趕忙跑到牛車旁，向忠行報告此事。

「師傅，前方有惡鬼挨近。」

聽到晴明報告，賀茂忠行立即醒過來。

他掀開牛車垂簾，自縫隙往前觀望，果然看到一群惡鬼笑語喧嘩迎面而來。

「確實是百鬼夜行……」忠行呻吟道。

萬一讓惡鬼發現了，此地眾人包準沒命。

「停車。」

忠行制止牛車，來到外面。

「惡鬼來了。」

他讓一行人聚集在牛車四周，手中掐訣，口中念念有詞，結下結界。

「不想死的話，千萬別出聲。要是讓惡鬼察覺我們在此，它們會吸吮我們的眼珠，也會吸吮我們的鮮血，骨頭、毛髮一根也不留，全部啖噬。」

弟子們雖看不見惡鬼，畢竟是忠行的弟子，每個隨從立即理解師傅所說的意思。也可以察覺迎面而來類似黑雲的妖氣。

結畢結界，忠行說：

「晴明，你聽好，惡鬼中或許有鼻子較靈的。萬一發生意外，我一使眼色，你馬上解開牛軛把牛放走。」

「是。」晴明點頭。

弟子們嚇得說不出話，魂飛魄散。

只有少年晴明額上不見任何汗珠。

晴明若無其事地觀看惡鬼迎面而來。

原來如此——

他泰然地——不，大概是以觀賞珍奇動物般的好奇眼神，觀看那群妖鬼吧。

原來妖鬼是這種模樣。

有外形像人的妖鬼，也有禿頭妖鬼。有馬首妖鬼，也有披頭散髮看似全裸的女鬼。

外形像琵琶的鬼。

看似長柄勺子的鬼。

人首狗身的鬼。

纏著鬼火的車輪。

有腳的鍋子。

不久，群鬼在牛車前停住腳步。

「有人的味道……」

身高十尺有餘的僧侶男人，抽動鼻子喃喃自語。

「的確有人的味道。」馬首鬼說。

「的確有。」女鬼跟著說。

「唔，有。」

「有。」

「有。」

惡鬼全體停下腳步，開始聞著四周空氣。

弟子們雖看不見妖鬼身姿，卻聽得見妖鬼聲音。個個面無血色。

晴明窺探忠行表情，忠行使了個眼色，暗示「現在放牛」。

晴明解開繩索，把繫在牛軛上的牛放開。

「喔，是牛。」

「這兒有牛。」

妖鬼們察覺步出結界的牛。

「這牛看似很好吃。」

「吃掉吧。」

「吃掉吧。」

群鬼立即蜂擁而上，圍住牛，如蟻附羶般開始吃起牛。

月光中，牛痛苦地哀嚎扭動，弟子們卻只看得見牛，不見妖鬼身姿。

他們看見牛首附近一大塊肉消失了，大量鮮血滴落在地。

也看見牛眼珠被吸吮而逐漸消失。

更看見牛側腹的肉，遭看不見的下巴啃食，露出肋骨。

嗦嗦。

嗦嗦。

眼前傳來吸吮鮮血和肉的聲音。

喀哧。

嘎吱。

又傳來啃碎牛骨的聲音。

晴明目不轉睛觀看。

原來如此——

更讚賞般地連連點頭。

原來妖鬼啖噬生物時，是這種情況。

忠行望見晴明那沉著的樣子，內心驚嘆不已。

不久，眾鬼乾乾淨淨吃光一頭牛。

「喔，吃完了。」

「肚子填飽了。」

「唔，飽了。」

「飽了。」

「飽了。」

妖鬼們心滿意足地點頭，再度成群結隊往前走。

「沒事了。」

待眾鬼完全不見蹤影，忠行才如此說。

如此，晴明一行人免於惡鬼災難。

這天以後，賀茂忠行開始重用晴明。據說，賀茂忠行將自己所知的一切陰陽道，徹底傳授給晴明。

《今昔物語集》中描述：

有如騰出瓶中水授予此道

話又說回來，成人後的晴明所住的宅邸，據說位於土御門大路。

自皇上居所朝廷看來，正是東北方。

東北方——就是艮的方位，俗說的鬼門方向。

此事並非偶然。

有關晴明的出奇才能，另有其他軼聞。

以下是《宇治拾遺物語》中的記載。

某天——

晴明有事進宮晉謁皇上，湊巧遇見某藏人⑧少將。這位少將到底是何方人物，《宇治拾遺物語》中沒詳細說明。不過，最後說是「最終成爲大納言」，想必是個大人物。

少將剛好自牛車下來，他也正要進宮。

此時，有隻烏鴉在少將身上拉屎。

晴明見狀，挨近少將身邊，向他說：

「剛剛有隻烏鴉在少將大人身上拉穢土（屎），那烏鴉是式神。」

又說：「而且，是極爲性惡的式神，若置之不理，恐怕今夜少將大人的性命將難保。」

少將知道晴明的聲譽，不疑他是說謊或有錯。

「請救救我。」

「剛好我路過，這也算是一種宿緣。不知道來不來得及，我暫且試試。」

晴明搭上少將的牛車，隨他回到少將宅邸。

傍晚，晴明與少將閉居一室，袖子罩住少將全身，並用手環住少將身子。

---

⑧掌管皇室的機密文件，傳達詔書，並管理宮中事務、例行公事、天皇的日常生活等。

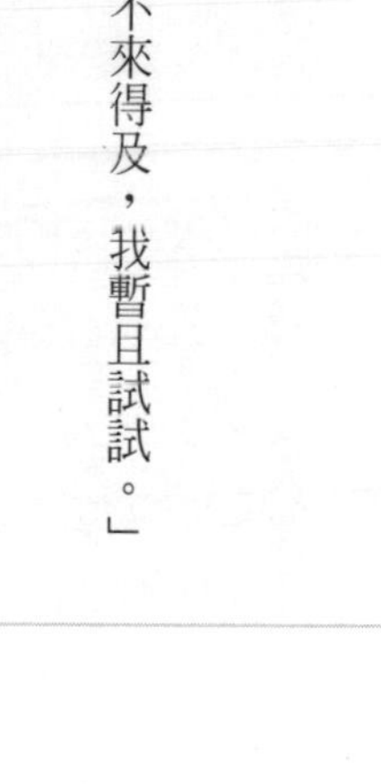

晴明，環抱少將以防禦，又通宵念念有詞，聲音不絕如縷，掐訣念咒

這晚，晴明施行防禦外敵的護身法，通宵達旦爲少將掐訣念咒。

將近天亮時，有人在外面咚咚敲門。

「來了。」晴明低道，徐徐向敲門人說：「進來。」

不久，少將發現房間一隅昏暗處，坐著一團朦朧發光的物體。沒人開門，對方何時進來的？

仔細一看，是個身軀大小如貓，嘴細長如烏鴉的小和尚。而且獨眼。

「原來如此，原來是這麼一回事……」

小和尚聚精會神端詳晴明與少將，如此喃喃自語。

「本想咒死此宅屋主，送出式神，不料毫無反應，屋主守禦太強，正暗忖究竟爲何，特意前來一看，原來是安倍晴明大人……」

小和尚看似恍然大悟地深深頷首，說：

「這樣根本敵不過。」

說完便消失了。

天亮後，少將遣人四處查詢，才明白箇中原因。

少將有個娟婿，是少將妻妹之夫，官拜藏人五品。

因四周人都只看重少將，輕視這男子，老早以前，他就看少將很不順眼。

終於拜託某陰陽師，企圖咒死少將，不料竟偶然讓晴明撞見。陰陽師向少將放出的式神，遭晴明趕回。

注入咒術的式神，若被趕回來，咒術便會回歸放出式神的陰陽師身上。若是置對方於死地的咒術，那麼，反倒是陰陽師會喪命。

事後果然在那位五品男子私宅，發現陰陽師屍骸。

「全是我命他做的。」五品男子全部招認。

如此，晴明救了少將一命。

又據說，晴明擅長射覆。

所謂射覆，是猜測或識破以物遮蔽或隱藏某處之物體的一種法術。陰陽師大抵用式盤進行此類猜測占卜。式盤上畫有五行、七星、八卦、十干、十二支、二十八宿等等，進行占卜時，便是用這個式盤。

安倍晴明與蘆屋道滿較勁猜測蒙在箱內物體的故事，非常有名，而晴明也與賀茂保憲競賽射覆過。

有關射覆，《古今著聞集》記載著以下軼事：

某天，藤原道長碰上物忌日。

所謂物忌，是一種謹慎行爲。

乃遭遇凶事及災禍，或爲避開怪異現象及障礙時，閉門不出之行爲。

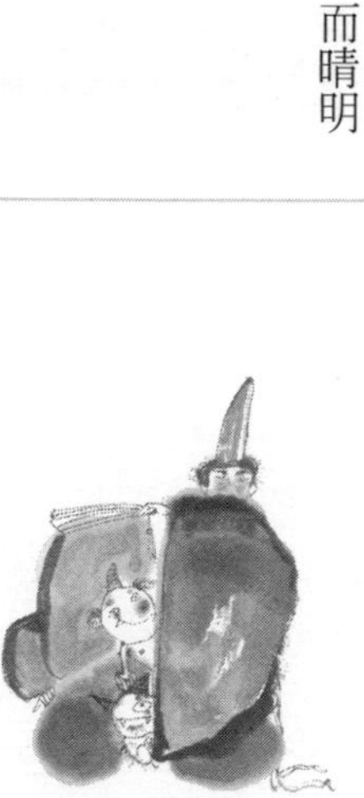

藤原道長是後一條天皇時代的掌權者。因於寬仁三年（一〇一九）建立了法成寺（御堂），故人們稱之爲「御堂關白」。

也出資贊助以《源氏物語》作者紫式部爲中心的宮廷王朝文化沙龍。

道長爲何必須物忌，書上沒記載詳細理由，但當天，物忌中的道長宅邸內，聚集了幾位錚錚佼佼的人物。

解脫寺的僧正觀修。

醫師丹波忠明。

武士源義家。

以及，陰陽師安倍晴明。

話說——

這天是五月一日。

有人向物忌中的道長進獻了摘自大和地方⑨的早熟瓜果。是剛熟透的唐瓜⑩。

大家正想剖瓜吃時，晴明出聲制止。

「慢著……物忌中，這種來自外面的東西，我有點擔憂。」

晴明將進獻的唐瓜並排一起，占卜後，取出其中一個，說：

「這瓜很可疑。裡面好像潛伏某種防礙物。」

⑨今奈良縣。

⑩胡瓜、絲瓜、甜瓜的別稱，此處應為甜瓜。

「我來看看……」

觀修僧正往前挪一步，誦經祈禱，那瓜果然詭異地搖晃起來。

醫師忠明捧起瓜果，插入兩根針，瓜果停止晃動。

接著，義家拔出腰上長刀，將瓜果一刀兩斷，結果從瓜內爬出一條蛇。

而且蛇首已斬斷，蛇的雙眼上插著忠明插進的針。

總之，以晴明爲首，四位專業高手救了道長一命。

再來介紹《古事談》中有關花山法皇和晴明的軼事。

花山院在位時，患上頭風。

也就是頭痛。

特別是進入雨季時，頭就痛得一切都置之不顧。傳喚醫師做了種種治療，毫無效果。

「叫晴明來。」

花山天皇傳喚晴明，讓他占卜自己的頭風。

「明白了。」晴明馬上點頭說：「皇上前世是位尊貴行者。」

「這與前世有關？」

「是。皇上前世是位行者，在大峰某落腳處圓寂。因生前德行而在今世生爲天子。」

「然後呢？」

「前世所葬的骷髏，於去年同泥土一起遭大雨沖走，目前在大峰某處，夾在大岩石間。每逢下雨，含水的岩石會膨脹，壓迫頭蓋骨，導致皇上頭痛。」

換句話說，晴明雖無法治癒天皇的頭風，但只要取出夾在大峰岩間的骷髏，重新安葬於適當場所，皇上的頭痛便會不藥而癒。

天皇立即派人到現場查看，果然如晴明所說。

取出骷髏，按晴明吩咐做了佛事後，花山天皇的頭風竟立即消失無影，彷彿從未疼痛過。

接下來——

又是安倍晴明與藤原道長的故事。

法成寺竣工以後，道長幾乎每天都到御堂。

道長非常寵愛一隻白狗，前往法成寺御堂時，總是帶著那隻白狗。

某天，道長正要穿過御堂大門時，白狗突然猛吠起來。

道長下了牛車，跨開腳步想往前走時，白狗咬住他的衣衫下擺，不讓他往前。

「怎麼了？」

道長不理白狗，打算繼續前進，白狗卻愈叫愈激烈，擋在道長面前。

道長也感覺事有蹊蹺，當下說：

「傳喚晴明過來。」

道長坐在支撐牛車軛的腳踏板上等候，不久，晴明來了。

「事情是如此如此，這到底怎麼回事？」道長問晴明。

晴明走到大門前，說：

「原來如此，這附近充滿了某種惡氣。」

「惡氣？」

「有人想詛咒道長大人，在這大門下埋了咒文。俗云白狗具有神通，狗察覺此事，才會阻止道長大人進門吧。」

「大門下哪裡？」

晴明凝視了大門下泥土一會兒，伸手指著某處說：

「就在這兒。」

「你們挖挖看。」

幾個隨從奉命挖掘那裡，挖了約五尺深，土中出現某物。

那是兩片素陶杯，上面綁著十字形黃色紙捻。

撕開紙捻，打開兩片合住的素陶杯，杯底僅有個用辰砂寫成的紅字。

「這是甚麼？」道長問。

「這是非常厲害的咒術。」

「厲害到何種程度？」

「若道長大人踏上埋有此咒術的泥土，會當場吐血，今夜就撒手塵寰吧。真踏上了，恐怕連我也無法救您一命了。」

道長聽畢，無言以對。

「不過，能下此咒術的人，除我以外，應該沒幾人……」

「你知道是誰嗎？」

「能施行此咒術的，首先是播磨⑪的道摩法師……」

「甚麼？道摩法師？」

道摩法師——可說是晴明的宿敵，也正是蘆屋道滿。這時代所謂法師，不僅指僧侶，通常也包括陰陽師。

「問當事者最快。」

晴明自懷中取出一張紙，摺成鳥形。再將一片素陶杯擱在鳥嘴上，往半空一拋，白紙馬上化爲一隻白鷺。

白鷺啣著素陶杯，往南方飛去。

「我們在後面追。」

⑪今日本兵庫縣西南部。

晴明同隨從們一起追著白鷺，白鷺飛到六條坊門萬里小路某古宅上，從對折門飛進去。

晴明制止想跟進去的隨從。

「這兒由我單獨一人進去。」

晴明獨自跨進古宅，裡面荒廢不堪，連屋內都長滿雜草。

有個蓬頭垢面，衣衫不整的老法師，坐在雜草中。

白鷺停在他肩上。

白鷺嘴裡沒啣著陶杯，老法師不知何時已握著那陶杯，也不知何時汲水來，杯內盛著水。

「晴明，你來了……」

老法師笑道，嘴脣間露出黃牙。

他舉起手中的陶杯，肩上白鷺伸長脖子津津有味喝著杯中的水。

突然——

眨眼間，白鷺鬆軟下來，變成原來的白紙，落到地板。

「果然是你，道摩法師大人……」晴明說。

「吾人是受堀河左大臣顯光之託……」道摩法師坦率回答。

堀河左大臣顯光是關白太政大臣藤原兼通的長男，在政治立場上與道長

對立。

道摩法師說，自己是受藤原顯光之託。

「這樣行嗎？」晴明問。

「甚麼行不行？」

「說出顯光大人的名字。」

「無所謂，吾人已告訴那男人了。」

「告訴他甚麼？」

「吾人告訴他，如果詛咒失敗，要認命……」

「認命？」

「吾人說，吾人的詛咒若失敗，表示安倍晴明向著對方。顯光說，既然對方是晴明，就無法隱瞞任何事了。」

「顯光大人聽後，依舊託你詛咒道長大人？」

「唔。」

「可是，以您的功力，應該有種種能超拔我的手法。」

「你是說，要吾人殺掉你？」

「您說得真恐怖。」

「這是你說的。」

「我說過此話嗎？」
「說了。」
「奇怪……」
「要吾人超拔你，只有殺掉你一途。」道摩法師發出泥水煮沸般的咕嘟咕嘟笑聲。「道長去哪裡都帶那隻狗，那也是你出的主意吧？」
「是。那是我獻給道長大人的狗。」
哼哼。道摩法師憋住脣角不成聲的笑容，將手中杯舉到晴明面前。
「喝一杯嗎？」
方纔看似已被白鷺喝光的杯內，此刻又滿滿盛著酒。
「也好，就來一杯。」
晴明坐在道摩法師前，接過陶杯，一口喝光。
「您呢？」
晴明將杯遞到道摩法師前，裡面依舊滿滿盛著酒。
「唔。」
這回換道摩法師接過杯，同樣一口喝光。
兩人互相敬酒時，晴明問：
「我該如何向道長大人報告此事？」

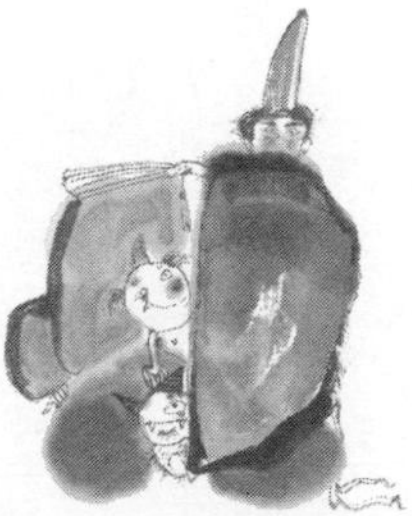

「你就照你所見如實報告好了。」道摩法師從容不迫地說：「就說吾人道摩法師，蘆屋道滿，受顯光之託下了詛咒。」

「這樣行嗎？」

「那個道長，沒膽量殺我。」

道摩法師露出黃牙，愉快地笑道。

事情果然如道摩法師所料。

道長聽晴明說畢來龍去脈，只是說：

「那不是道摩法師的錯，錯的是命他下咒的顯光。」

其實道長深恐若判道摩法師死刑，他的怨靈不知會使出甚麼駭人聽聞的報復。

道摩法師只是遭遣回故國播磨國而已。

而託法師向道長下咒的顯光，《宇治拾遺物語》如此描述：

死後成怨靈，於御堂殿附近作祟。故人稱惡靈左府云云

這是晴明晚年的軼聞，時期比本篇故事晚。

四

提到播磨國，前面已說過，是蘆屋道滿等眾多陰陽師輩出的陰陽大國。

若說保憲的賀茂家及晴明的土御門家，是爲朝廷與貴族服務的幕前陰陽師，出自播磨國的陰陽師，則是在民間活躍的土著法師。

前面也已說過，法師指的是陰陽師。

順便提一下正式法師——也就是僧侶與陰陽師的相異之處。

平安時代，僧侶同陰陽師一樣，也會施行種種咒術。

眞言宗密教僧空海曾在神泉苑施行祈雨咒術，是眾所周知的事，因僧侶法力而讓貴族避開鬼難的故事，非常多。

而要說明僧侶與陰陽師的相異之處，最適當的用詞應該是「出家」吧。

僧侶雖和陰陽師一樣，會咒術，也會平息怨靈，但僧侶終究是一種出家人。捨棄塵世，皈依佛教的是僧侶。相較之下，所有代表僧侶的行爲，陰陽師都沒做，沒出家也沒皈依任何佛或神。

或許，在思考陰陽師的存在時，「俗」，這個字可以成爲關鍵詞之一。

陰陽師所具有的中國思想陰陽道背景，在某方面來說，與宗教迥然不同。

從這觀點來看，陰陽師可以說是純粹的技術人員。

比如安倍晴明，他雖然曾像佛教行者那般，閉居那智山⑫中修行千日，但未出家。

《古事談》記載：

晴明雖屬俗，爲那智千日行者

播磨國另有一位陰陽師——法師。名爲智德。

《今昔物語集》記載：

其法師係非比尋常之人也

某日——

有艘裝載眾多貨物上京的船。

船行至明石海面時，遭海盜襲擊。

海賊奪走所有貨物，且以長刀殺死船上所有人。只有迅速跳進海中的船主和隨從兩人獲救。

兩人好不容易游到陸上，抱頭大哭時，突然出現一位拄著杖子的老法師。

正是智德。

⑫和歌山縣東南部的群山，有熊野那智大社、青案渡寺、那智瀑布，生產圍棋黑子原料的「那智黑」。

「喂，你們到底爲何而哭？」

「老實說，不久前，我們在這海面遭遇了海盜。貨物全被奪走，一夥人全被殺了，僥倖活下來的只有我們兩人。」船主答道。

「哪時候的事？」智德問。

船主回說如此這般時刻後，智德法師仰望上空，再望向海面，最後觀測了風向，點頭說：

「原來如此……既然這樣，或許老僧可以助你們一臂之力。」

「眞的？」

「老僧試試看吧。」

智德發現沙灘上有艘海水沖上來的小舟。

「就用那艘好了。」

他走向小舟。

接著問船主及隨從：

「你們能划這艘小舟嗎？」

「當然能。」

「那麼，我們上路吧。」

智德法師讓隨從划船，同船主一起駛出海面。

在海面讓小舟停駛後，智德法師在船中站起身。

他舉著杖子，尖端觸及海面，在海面開始寫起某種文字。邊寫，口中邊唸咒文。

唸了一陣子，智德法師收回杖子，再度於小舟內坐下來。

「好了，我們回去吧。」

小舟駛回海邊後，智德面海而立，做起動作，猶如以隱形繩子捆縛隱形物體般。

「您在做甚麼？」船主問。

智德停止動作。

「老僧能做的都做了。你去召集五、六個身強力壯的人來。」

船主按照智德所說，召集了住在附近的男人來到海邊。智德法師讓這些男人在海邊搭建小屋。

「大家在這兒等候一陣子吧。找個人監視海面，有任何動靜時，再通知老僧。」

語畢，智德進入小屋，橫躺在地。

「說等候，到底必須等多久？」船主問。

「不知道，或許五天，也或許十天……」智德說完，閉上雙眼，頃刻就打起鼾來。

船主半信半疑。

他起初以爲老法師騙了他，但智德沒向他要錢，可以相信這老法師毫無惡意。可是，貨物眞的會失而復得嗎？船主邊暗忖邊等，如此，一天、三天、五天過去了。

然後，第七天中午——

海面出現個孤零零看似船影的小小物體。那物體逐漸接近，在眼前的海面上停住。

船主同雇來的五、六個男人一起上小舟，將小舟划到那艘船附近，果然是先前的海盜船。

大家戰戰兢兢上船，只見所有海盜均喝醉了般，到處橫躺豎臥。

一夥人趁機將所有海盜捆綁起來，再查看船內，發現被奪走的貨物全在船內，毫無短少。

「法師大人，承蒙您相助，貨物及海盜全都回來了。實在感激不盡。」

船主向智德謝過後，打算將海盜引渡給官員時，智德說：

「等等，你若將他們交給官員，大概所有人都會問罪處斬。這樣的話，老僧等於殺生了。」

智德說畢，解開海盜們身上的繩子，向他們說：

「聽著，以後絕對不能再做這種事了。」

語畢，就放海盜們走了。

「智德大人，您打算前往哪裡？」船主於分手前如此問。

「京城。」智德說。

「京城？」

「唔。京城有位名爲安倍晴明的陰陽師，聽說他法術功力很高。到底高到甚麼程度，老僧想去試探一下。」

五

晴明已回到自己宅邸。

他今天前往廣澤的寬朝僧正僧房，目睹了空海的親筆眞跡。

還未到傍晚，但太陽已西傾。

今晚，源博雅將來造訪晴明。

離博雅抵達，還有些時間。

博雅來之前，烏龜與蛤蟆，遍照寺應該會送來。

用汲在水桶內清澈的水仔細洗了腳，再用乾布擦去水滴，雙腳舒暢多了。腳踏在地板，可以感覺至今爲止的淫雨，令地板還含著水。

「叫誰去好呢？」晴明低聲自語。

若博雅來了，大概免不了要喝酒，晴明正在考慮遣誰去買酒。

應該空無一人的屋內，突然沙沙作響，好像有些甚麼動靜，接著，湧起一陣既非氣息也非耳語，更非聲音的竊竊私語。

我去買吧。

請讓我去買。

不，我去……

此時，外面傳來呼喚。

「有人在嗎？」

充滿屋內的動靜消失了。

「有人在嗎？」聲音又傳來。

是誰？沒聽過此聲音。

「安倍晴明大人在嗎？」

來到玄關，只見有位和藹可親的老法師立在眼前。

不知是否經歷長途跋涉，他身上衣服沾滿旅途中的塵埃，顯得有點髒。

下擺也磨得破舊不堪。

老法師左右兩旁，站著兩個十歲出頭的童子。

看到那兩個童子，晴明呼地微微嘆了口氣。「這不是式神嗎？」他嚥下問話。

童子看似人類孩童，卻不是人。

是一種精靈。

既然會操縱式神，橫豎是某處的陰陽師。而且式神有二，應該具有相當實力。

「久仰久仰，您是晴明大人嗎？老僧是播磨國人，對陰陽道有點興趣。」

這老法師說得很怪。

眼下明明操縱兩個式神，竟一副外行人的模樣，說自己對陰陽道有興趣，說得未免客氣了點。

「晴明大人，聽說您具有非凡的陰陽道功力，老僧才特地前來拜訪，能不能請您教授老僧些許陰陽學？」

吾欲習若干陰陽道故來也

「能不能請您教授些許」是古往今來挑戰者的口頭禪。

啊哈——

晴明在內心點頭。

這老法師，是來試探我的？

晴明的紅脣浮出微笑。

他雙手伸進衣袖悄悄掐訣，不讓法師看到，且口中不作聲地唸起咒文。

「我明白您的來意了，但今晚湊巧有事，騰不出空來。能不能請您今天暫且先回去，日後再擇吉日賞光？」

「您說得有道理。出其不意來到貴府，說要請您教授陰陽道，未免太冒昧了。老僧就改日再擇吉日來訪吧。」老法師搓了一下手，再將手擱在額上，說：「那麼，改日再來……」語畢，離開宅邸。

然而，晴明沒轉身進屋，依舊面帶微笑望向外邊。

不久，又見老法師獨自折返。

晴明看那法師邊走邊探看可供藏身之處或牛車臺階暗處，似乎在尋找某物。

最後終於回到宅邸前，立在晴明面前。

「怎麼回事了？」晴明以清澈眼神問。

「老僧身邊本來帶著兩個童子，他們失蹤了。離開貴府時，老僧明明記得他們還跟在身後，所以自忖或許還留在這兒……」

「那您一定很為難。不過，您也看到了，這宅子內沒任何人。」晴明裝糊塗道。

法師額上浮出細微汗珠，雙眼求情般望著晴明。

不久，老法師看似豁出去了，雙膝著地，雙手貼地。

「對不起，其實老僧來此的目的，是想試探您的功力。」

法師俯首請罪。

「老僧名為智德。聽聞京城有位名為安倍晴明的著名陰陽師，不知對方功力到底如何，特意前來較量一下法術。」

法師抬起臉，又說：

「請您手下留情，還老僧那兩個童子。」

「咦？您是甚麼意思？」晴明故意刁難。

「那兩個童子是老僧的式神。自古以來，陰陽師就慣於操縱式神，但罕見有人能夠藏匿別人操縱的式神。無法識破晴明大人的非凡功力，的確是老僧技不如人。」

「可是，我確實沒藏匿他們。只是有點小事纏身，借用一下他們罷了。」

「借用？」智德法師歪頭苦思。

此時，外面傳來呼喚，兩個童子自大門進來。

「師傅大人。」

「師傅大人。」

智德站起身，回頭望著兩個童子，問：

「喔，是你們，你們到哪兒去了？」

「晴明大人託我們到附近去買酒。」

仔細一看，兩個童子手中各自提著盛酒的酒瓶。

「事情正是如此。」

晴明從童子小手中接過酒瓶。

智德法師心悅誠服，在木牌上寫下自己名字。

「請您把老僧列入弟子之一。」

語畢，才告辭離去。

陰陽師在木牌寫下自己名字，又將木牌交給其他陰陽師，此舉表示甚麼呢？

正意味將自己性命交給對方。

只要在木牌上下咒，無論何時，晴明都可以奪取智德的性命。

交付名牌給對方——這在陰陽師之間，是最高的誓約。

這應該也證明，智德法師對晴明的功力，心服至五體投地的程度吧。

晴明宅邸位於土御門大路——

能進出此宅邸的人，不多。

據說，明明屋內沒人，夜晚也會自動關上大門，或自動點上燈火。

明明不見有人走動，板窗會自動開閉。

此外，又據說，晴明將自己所操縱的式神，養在一條戾橋下。

晴明手下到底有多少式神？

有人說上百，也有人說上千，更有人說上萬，正確數字不詳。

卷一 源博雅

一

夜晚，月亮露臉了。

看樣子，已出梅了。

在雲縫之間，透明得令人驚嘆的上空，懸掛著還未滿月、如粗瓜般的皎潔月亮。

安倍晴明與源博雅，坐在自屋簷射進來的月光中，閒情逸致地喝酒。

地點是晴明宅邸窄廊——板條走廊上。

兩人相對坐在圓草墊上，手中各自舉著酒杯。

庭院在晴明右側，自博雅看來是左側。

這是很奇妙的庭院。

看似完全未經整理。

開著藍色花朵的鴨跖草。

繡線菊①。

瞿麥。

風鈴草②。

還有早開的桔梗。

---

①日文為「下野草」，學名為 *Filipendula multijuja*，多年生草本，夏季開花。

②日文為「螢袋」，學名為 *Campanula punctata*，多年生草本，夏季開花。

這些草本植物與花，東一叢西一叢，有些綠葉繁茂，有些則鮮花怒放。
均是野草野花。
宛如將部分原野完整移至此庭院。
同遍照寺的庭院形成鮮明對比。
庭院內的野草野花，白天所沾的雨滴還未乾透，加上夜露，顯得沉重不堪。
比霧氣還細微的水滴微粒，隨微風飄蕩，在庭院草叢間四處流轉。
月光正是照射在這些花草上。
夜露凝聚月光，在黑暗中閃閃發光。
有如天上星斗降至地面。
也可見螢火蟲。
一隻、
二隻、
三隻……
若干夏蟲在夜晚草叢中鳴叫。
博雅一副如痴如醉的表情，凝望庭院，他那表情，並非不勝酒力所致。
晴明背倚柱子，豎起右膝，右手舉著酒杯，肘擱在右膝上。

身上裹著白色狩衣，偶爾將酒杯送至紅脣。
他左側有個木箱，左手擺在木箱上。
兩人都罕言寡語。
即令不刻意交談，他們之間似乎也能心有靈犀一點通。
不久——
「喂，晴明。」
博雅似乎想起某事。
「你好像又做些甚麼事了。」
「又？」
「聽說你在廣澤寬朝僧正大人那邊，用柳葉壓死烏龜和蛤蟆。」
「原來是那事？」晴明淡淡回應。
「貴族子弟在宮中散播這風聲。」
「俗說謠傳比風快，博雅，沒想到這麼快就傳到你耳裡。」
「貴族子弟中，有人嚇得要死。雖然你說要祭拜，但有人擔憂那些蟲若向他們作祟，不知該怎麼辦，還特地跑來問我。」
那時代所謂的「蟲」，不光指昆蟲，類似蜘蛛的節肢動物及蛤蟆、蛇等，都稱之爲「蟲」。

「別理他們就好了。」

晴明把酒杯擱在廊上，望向博雅。

「那些蟲大概不會作祟。」

「爲甚麼？」

「老實說，博雅，蟲並沒死。」晴明愉快地微笑。

「甚麼？」

晴明收回擱在木箱上的手，將箱子推向博雅。

「這箱子怎麼了？」

「打開看看。」

聽晴明如此說，博雅把酒杯擱下，伸手打開木箱蓋子，往內探看。

可是，燈火盤擱在地板上，照不清箱子內部。

只知裡面有某種物體。

且那物體看似蠢蠢蠕動。

「嗯，我看看——」

博雅取起箱子，伸到月光中，再度往內探看。

箱子比想像中還重。

「晴明，這……這……」

「看見了？」

「這不是烏龜和蛤蟆嗎？」

「是啊。」

「這正是你在遍照寺壓死的那……」

「不，我沒壓死。」

博雅目不轉睛望著箱內，不可思議地喃喃自語。

「牠們還活著。」

「所以我說沒死嘛。」

「這到底怎麼回事？」

「雖說是蟲，也有生命。我總不能說殺就殺啊。可是，我又不想讓那些貴族子弟在背後亂說話。」

——晴明根本名不符實。

——我們想試探他能不能殺死蛤蟆，結果他花言巧語地推脫了。

「要是這種風聲傳開了，會影響我的工作。」

晴明若無其事地說。

「可是，貴族子弟們說，他們的確親眼看到龜殼裂了，蛤蟆也壓碎了。」

「因爲我讓他們中咒了。」

「咒？」

若施行法術，光是一片這般柔軟的柳葉，也能粉碎你的手掌。

當時，晴明向貴族子弟如此說。

「就是那時，他們中咒了。」

「寬朝僧正大人呢？」

「寬朝僧正大人怎麼可能中那樣的小咒？寬朝大人知道眞相。」

「那……」

「柳葉飄落到烏龜和蛤蟆背上，是事實，而貴族子弟們眼見烏龜和蛤蟆被壓死，不是事實。」

「那，這烏龜和蛤蟆呢？」

「這可是在遍照寺庭院中，每天早上聆聽寬朝僧正大人誦經的烏龜和蛤蟆。我打算日後讓牠們成爲式神，便懇求寬朝僧正大人送過來。」

「那麼，寬朝僧正大人一切心知肚明？」

「所以才送牠們給我。」

「原來是這樣。」

「你來之前，遍照寺遣使者過來，留下這箱子。」

「原來是這麼回事。」博雅欽佩地點頭。

「博雅，你把那兩隻蟲放到庭院好不好？」
「這烏龜和蛤蟆？」
「嗯。裡邊有池子，牠們應該也可以在這兒自由生存吧。」
「好。」
博雅點頭，把箱子提到窄廊下，傾斜箱緣。
烏龜和蛤蟆爬出箱子，落在窄廊下，不久，隱入草叢，不見蹤影。
目送牠們爬走後，博雅再把箱子擱在窄廊，望向晴明。
「你很狡猾。」
「哪裡狡猾？」
「大概有段日子，那些貴族子弟會在你面前抬不起頭來。」
「這正是我的目的。」
晴明說畢，伸手舉起窄廊上的酒瓶，爲自己斟酒。
酒杯送到唇邊，他津津有味地含了一口。
「博雅，這味道相當好。今天有來客，我託來客帶來的童子去買酒，童子相當有眼光，幫我選了美酒。」
「的確是美酒。」
語畢，博雅也將酒杯送到唇邊。

二

兩人繼續閒情逸致地喝酒。

不知不覺中，已喝完一瓶，現在喝的是第二瓶。

雲朵比先前更為零碎，透明的暗空益發寬廣，星斗在其上閃耀。

月亮比方纔明亮，一旁的雲朵往東飄遊。

「月亮眞美……」

博雅將送到唇邊的酒杯擱回窄廊，自言自語。

「嗯。」

晴明似點頭又非點頭地低應了一聲。螢火蟲的青光，偶爾似撫摩庭院的黑暗般，在眼前飛過。

花草樹木所散發的濃郁氣味，溶化於大氣中。

「晴明……」博雅陶醉地望著庭院說：「所謂季節，確實在移動。」

「博雅，你怎麼了？」晴明望著博雅問。

「不怎麼了，只是很驚訝而已。」

「驚訝甚麼？」

「驚訝於那時令，或說是季節，我驚訝於如此這般移動的物事。」

「是嗎？」

「你看，晴明。」

「看甚麼？」

「看這庭院。」

「庭院又怎麼了？」

「現在不是草木正茂、繁花最盛的時節嗎？」

庭院中，無論甚麼植物的葉片、莖梗、花瓣，都飽含水分，直挺挺地嬌嫩欲滴。

「每次望著庭院，不知爲何，我總覺得，人實在值得憐惜。」

「人？」

「嗯。」

「爲甚麼？」

「眼前這麼美的葉子和花瓣，一到秋天，不是會掉落或枯萎嗎？」

「唔，的確會。」

「正因爲目前花事正盛，所以想到這些花草不久即將枯萎時，我總會萌生一股似悲哀，又似憐惜的感情。」

「是嗎？」

「人，也一樣。」博雅說。「人，也會老去……」

「嗯，會老去。」晴明點頭。

「無論再如何美貌，老來時，不但滿面皺紋，雙頰和肚腹的筋肉也會鬆弛，牙齒不是也會脫落？」

「的確會。」

「我也無法青春永駐。我也會老去。這點我很明白。」

「唔。」

「有首和歌說，入秋更覺物事悲……」

「嗯。」

「可是，晴明，最近我覺得這首和歌好像說錯了。」

「甚麼地方說錯了？」

「我剛剛也說過了，花草繁茂的春夏時節，比花草逐漸枯萎的秋天，更令我感覺物事可悲。」

博雅頓住舉杯的手，望向夜晚的庭院。

庭院正值初夏。

黑暗中充滿出梅的種種徵象。

「每當草葉萌芽，花朵初開時，我就會情不自禁發出嘆息。」

總有一天會枯萎的綠草。

總有一天會凋謝的花瓣。

「晴明啊，我總覺得……」

博雅沒將酒杯送到唇邊，再度擱回窄廊，喃喃自語。

「你聽後別笑我。最近，我總覺得，這天地間的一切，都很令人愛憐。」

說畢，博雅傾耳靜聽般沉默不語。

蟲在鳴叫。

風在吹動。

「連聽到那蟲聲，我也會覺得蟲令人愛憐。這風和這空氣的味道，這窄廊上的瑕疵，這酒杯的重量，所有可以眼見，可以嗅到，可以觸摸，可以耳聞，可以用舌頭品嚐的一切，我都覺得令人愛憐。」

晴明沒有笑。

眉眼浮出柔和神情。

「晴明啊，你有過這種感覺嗎？」

晴明的眼神及嘴角依然浮出看似為難、又似悲哀，一種無以言喻的微笑。

「博雅，你太老實了。」

「老實？我？」

「沒錯。每次都因爲你太老實，害我驚訝萬分，不知該如何回答你。」

「現在正是如此？」

「嗯，正是如此。」

「晴明啊，你這樣說，不是有點無情嗎？」

「我無情嗎？」

「無情。」

「沒那回事。我覺得，對方是你，眞好。」

「我？」

「我是說酒友。」

「酒友？」

「正因爲你在這兒，我才能勉強和人世維繫關係。」

「人世？」

「沒錯。」

「晴明啊，你這樣說，好像你不是人似的。」

「是嗎？」

「是的。」

博雅再度舉起擱在窄廊的酒杯，一口喝乾。

將空杯擱回廊板上後，博雅說：

「你聽好，晴明。我以前也說過了，縱使你不是人，我博雅還是你的朋友。」

「縱使我是妖物？」晴明嘲弄地問。

「這點，我沒法好好說明。我找不到適當的說法……」

博雅似乎一字一句在搜尋自己內心的用詞，然後表達出來。

「晴明，不就是晴明嗎？」

「……」

「即令你是妖物，是人以外的某種存在，你，不就是你嗎？」

博雅一本正經地說。

「晴明啊，我也覺得，對方是你，眞好。」

博雅凝視晴明。

酒杯空了，他也不斟酒。

「老實說，晴明，我自己也明白，我好像和旁人有點不一樣。」

「哪裡不一樣？」

「我沒法說明。雖沒法說明，但我覺得，在你身邊，我不用隱藏。」

「隱藏甚麼?」

「隱藏自己。我覺得,我在宮中時,好像老是披著一件類似鎧甲的東西,隱藏自己……」

「是嗎?」

「而和你這樣相對喝酒時的博雅,是眞正的博雅。」

博雅說。

「我不是說,因爲你是人,我才同你喝酒,若你是人以外的妖物,我就不同你喝酒。我的意思是,因爲你是晴明,我才在這兒同你一起喝酒。仔細想來的話,應該是這樣。」

「博雅,你眞是個好漢子。」晴明低語。

「你別嘲弄我,晴明。」

「我沒嘲弄你,我在讚賞你。」

「是嗎?」

博雅出人意表地正經點頭。

我不覺得你在讚賞我。

若是平素,聽晴明說出「好漢子」這句話時,博雅肯定會如此答覆。

你這樣說,等於說我是個蠢貨。

有時候也會如此答覆。

然而，今夜的博雅，只是老實望著晴明，接著往自己的空杯斟酒，說：

「我可以回到剛剛的話題嗎？」

「話題？」

「我剛才不是說，如此邊喝酒邊觀望庭院，會情不自禁有感而發嗎？」

「嗯，然後呢？」

「比如說，自己有個心愛的人……」

「你有嗎？博雅。」

「我是說，比如。」

「比如有的話，又會怎樣？」

「心愛的人會老去。不但臉上皺紋會增加，從身上穿的衣物，也可以感覺她的肌膚和肉體已鬆弛……」

「唔。」

「而最清楚此事的，其實應該是本人吧？」

「大概吧。」

「原本美貌的一切，會自她身上逐漸消失……」

「唔。」

「怎麼講呢？這是年輕時萬萬也想不到的事實，而這事實，在我看來，更覺憐愛。」

「連皺紋也覺得憐愛？」

「嗯。」

「包括聲音逐漸乾枯，雙頰肌膚逐漸鬆弛？」

「嗯。」

「是嗎？」

「連她內心那股因自己逐漸老去而滋生的悲哀，我也覺得憐愛。」

「原來如此。」

「大概是因爲我也會老去吧？」

「唔。」

「晴明，這到底是甚麼感情呢？」

「甚麼意思？」

「我想，人感覺對方令人憐愛時，很可能並非因爲對方姿態很美，或身材很圓潤，你說是不是？」

「唔。」

「我覺得，對方姿態很美，或很漂亮等等，都只是對方令人感到憐愛的動機之一而已……」

「喂。」晴明望著博雅，說：「你今天很怪。」

「怪？怪在哪裡？」

「你是不是有了？」

「有甚麼？」

「有你感覺憐愛的人。你是不是愛上某人了？」

「不，我說的和愛情有點不一樣。」

「哪裡不一樣？你是說，你有類似愛情的意中人？」

「晴明，你別催嘛。」

「我沒催啊。」

「我連對方的手都沒握過，甚至不知道對方的名字。」

「眞的有？」

「這不是有沒有的問題。我連對方住在哪裡都不知道。」

「那就是有了？」

「……」

「原來眞的有。」

「很久以前的事了。」博雅有點臉紅。

「多久前的事？」
「十二年前。」博雅說。
「眞令人意想不到，那麼久之前的事？」晴明目瞪口呆。
「嗯。」
「可是，博雅，你爲何連對方的名字都不知道？」
「對方沒說自己的名字。」
「難道你沒問？」
「問了。」
「你問了，可是對方不肯告訴你？」
「唔，大致如此。」
「到底是怎麼回事？」
「笛子。」
「笛子？」
「晴明啊，我有時候會極想吹笛。」
「唔。」
「例如，像今晚這般月明如水的夜，有時我會單獨到堀川那附近，整夜吹笛。」

「的確是。」

「碰到春宵，山櫻搖晃，上空又掛著月亮的話，光這些情景就足以令我激動難已，心中七上八下。總覺得內心憋得很苦，不吹笛就坐立不安。」

「然後呢？」

「十二年前那時，正是這種夜晚。」

「喔。」

「那晚，月色很明亮，大概是山櫻將要謝了的時節……」

博雅沒帶隨從，只帶笛子出門。

博雅官位三品。

這麼一位血脈尊貴的殿上人，深夜不帶任何隨從在外閒逛，若是其他類似博雅身分的人，絕不會如此做。

然而，此男人時常滿不在乎做出這種事。

十二年前那晚也是如此。

他站在堀川橋畔，於月光下吹笛。

笛是橫笛。

是龍笛。

惱人的春宵微風拂面而來，河川流水在黑暗中潺潺作響。

博雅自我陶醉地吹笛。

笛聲在月光中熠熠升天。

宛如可見笛聲顏色。

月光與笛聲在半空溶合，令人分不清何爲月光，何爲笛聲。

博雅是吹笛名人。

世上大概再沒有像他那般受上天愛戴的音樂家了。

而且，本身雖爲天縱奇才，他自己卻渾然不覺。

他本身便是一種樂器。

笛子也好，琵琶也好。

無論任何樂器名器，樂器本身不知自己是名器。

而博雅儘管是稀世樂器，他對自己具備的樂器資質，毫無自覺。

不過，源博雅這樂器，是無人彈奏而自鳴的樂器。是隨心所欲情不自禁自鳴的樂器。

天地一有變化，博雅這樂器會感應天地的變化。

內心一有變化，他會隨內心變化而調絃。

每逢季節變更，心情動搖，博雅這樂器就情不自禁自鳴起來。

情不自禁自鳴——

憋得很苦——

對樂器來說，這是理所當然的事。

博雅吹笛，只是不自鳴不行的樂器自動調絃弄管而已。

博雅本身就是笛子。

有如置於月光下的笛子，因耐不住月光而自鳴起來。

而博雅本身也早已失去正在吹笛的感覺了。

變更的季節與天地的動靜，均滲入博雅體內，穿過博雅肉體再離去。這時，博雅這笛子會發出性感笛聲。

那是一種悅樂。

名爲博雅的肉體，是天地說唱自己的樂器。

無論是人，甚或天地，總有情不自禁想說唱自己的時候。

就此意味來說，源博雅可說是爲接受大啓而存在的祭壇。

到底經過多久了？

博雅突然回過神來，睜開雙眼。

他一直閉著眼吹笛。

雙脣離開笛子，博雅望向彼方，發現有輛牛車停在對面。

停在河邊柳樹下。

那是女車。

藉月光細看，女車旁有兩個男人，一是車夫，另一看似下人。

奇怪？

博雅暗忖，到底怎麼回事？

難道有事找我？還是來這附近辦別的事？

博雅停止吹笛觀看女車，但牛車只是停在那裡，沒人下車，也沒人向博雅打招呼。

風中飄蕩著某種香味，看樣子，似乎是從女車傳過來的沉香味。

難道是某位血緣尊貴的宗姬，坐牛車微行？

博雅雖如此想，但又不能主動向對方搭話，問其理由。

那晚，博雅就那樣回家，不料，與女車的邂逅，並非那晚而已。

翌日夜晚，博雅再度到堀川吹笛。

他在橋畔吹了一陣子，回過神抬起臉時，又看到那女車停在對面。地點跟昨天一樣，在柳樹下。

博雅覺得有點古怪，終究還是沒向對方搭話，就那樣分手。

第三天，他本來打算再去吹笛，卻因下雨而作罷。

隔一天再去時，女車依然停在原處，翌日晚上也看到那女車。

第五晚，博雅總算明白，那女車很可能是來聽自己吹笛。

可是，話又說回來，哪時開始來的？

最初看到那女車，是四夜前，更早之前，他也時常到那兒吹笛。

或許，那女車更早之前就來了，只是自己沒察覺而已？

博雅開始在意起來。

到底是何方人物坐在那女車內？

「結果啊，晴明……」博雅說：「我也情不自禁在意起那女車……」

就在第五夜，博雅終於向對方搭話。

他放下舉著笛子的手，走向女車。

那是半蔀車③，一頭黑牛頸上架著橫軛。黑牛兩側，站著車夫及看似下人的男人，兩個男人均默默無言。

博雅來到牛車前，不向車夫搭話，直接問牛車車主。

「每晚我在這兒吹笛時，總是看見貴人的車。請問到底是何方貴人所乘？是否有事找我？」

「失敬了，請原諒。」回話的是車夫。

車夫與下人單膝跪地，俯首說：

「車上這位，是小的所服侍的府邸宗姬。」

---

③牛車一側有格子板窗，板窗上部可以往外撐開，以便觀看外界。是攝政、關白、大臣、大將等貴族所搭的牛車。

車夫又說：

「七天前夜晚，宗姬打算就寢時，外面隱約傳來笛聲……」

宗姬傾耳靜聽笛聲，直至聲停才就寢。第二天，她依舊忘不了那笛聲。

當晚，昨夜的笛聲再度傳來。

愈聽愈覺得那笛聲很愜意，餘音縈繞耳內。

「到底是何人在吹笛？」

宗姬念念不忘，終於命車夫準備牛車，順著笛聲來到堀川小路，果然發現堀川橋畔有個身穿公卿便服的男人，在月光下吹笛。

在這麼遠的地方吹笛，笛聲仍能傳到我耳內，可見吹笛者的功力非比尋常——

於是，每晚一聽到笛聲，「我們便來此地聽笛聲。」車夫說。

這之間，理應坐在車內的宗姬，始終不作聲。

她當然也應該聽到車外人交談，卻安安靜靜躲在垂簾內，不出一聲。

「是哪位府邸宗姬？」

「非常抱歉，宗姬是微行，小的不能告知詳情。若打攪了您，那麼明晚起不會再來……」

「不，不必如此客氣。是我不知趣，主動來向你們搭話。」博雅道。

「這位貴人……」車內傳來呼喚。

是微細的女人嗓音。

那聲音有如吹拂在薄絲綢上的柔風。

博雅望向牛車，車內人微微掀開垂簾一角，伸出白皙嬌弱小手。仔細一看，纖長手指握著一段櫻花細枝。

枝上還留著櫻花。

「請收下……」女人說。

博雅伸手觸及那樹枝時，垂簾內傳出無以言喻的甘美香味。

是沉香。

沉香混合另幾種香木的味道。

博雅接過櫻枝後，那手又收回牛車內，垂簾恢復原狀。此時，博雅隱約看到車內女人所穿的衣物下擺。

白色與紅蘇芳④——

接著，車夫與下人起身，未聞女人下令，牛車便咕咚地開始前行。

牛車在月光下靜悄悄離去。

「那時，我雖沒看到對方的臉，卻覺得是位極爲典雅的宗姬。」博雅向晴明說。

④帶紫色的深紅，後世以「蘇芳」做為紫染的代名詞。

「不但聲音令人忘不了，手指也白皙又細長。牛車內傳出的香味，應該是衣物的熏香。垂簾下隱約看到，白裡透紅的下擺⑤。」

「後來呢？就這樣結束了？」

「不，還有下文。」

「喔。」

「那以後，每當我去堀川吹笛，她都會來聽笛，這事持續了一陣子。」

每逢博雅去吹笛，牛車總會不知何時出現，靜聽博雅的笛聲。

如此持續了將近三個月。

有時碰到雨天，只要雨不大，博雅總會去堀川吹笛，而那位宗姬也總會來聽笛。

這期間，兩人從未再度交談。

「那次剛好也如此時季節……」

博雅在空酒杯內斟酒，一口飲盡，感慨地繼續說：

「梅雨期，某天晚上，雨停了，烏雲也散了，露出月亮……」

那晚——

博雅如常到堀川吹笛。

滿地是霧氣般的細微濕氣，月光自上空四射。

---

⑤日文為「櫻襲」（さくらがさね），指女性以白色外衣搭配紅色裡衣，讓衣擺呈現白裡透紅的配色方式。由於平安時代製造的絲綢較薄，因此外衣會略微透顯裡層衣物顏色，以這種方式配色的穿著稱為「襲」（がさね）。

對面柳樹下，也如常停著那女車。

冷不防——

傳來一陣配合博雅笛聲的樂音。

是琵琶聲。

博雅繼續吹笛，視線投向牛車，琵琶聲果然傳自那牛車。

這樂音……

博雅在內心驚嘆。

這樂音實在太令人愜意了。

彈奏者不僅技藝出色，且樂音充滿眞誠。可以聽出彈奏者彷彿敞開心靈般，自琵琶彈出樂音。

琵琶聲與博雅的笛聲重疊，博雅的笛聲又與琵琶聲相譬。

兩種樂音在月光下熠熠蕩漾，如魚水情那般親密。

博雅忘我地吹笛。

宛如在夢境中嬉戲。

他心醉神迷地繼續吹笛。

到底過了多久呢？

博雅停止吹笛時，琵琶聲也停止了。

博雅尚痴醉於方纔的樂音中，車夫過來搭話了。

「這位貴人……」

博雅莫名其妙地停步，車夫畢恭畢敬頷首致意，說：

「宗姬想送您一樣物事，非常抱歉，能不能請您移玉？」

明白了——

博雅點頭，興沖沖走向牛車。

「方纔的琵琶聲，是妳……」博雅向垂簾內開口。

「笨拙音色打攪您的笛聲了。」車內傳出女人聲音。

「不，怎麼會打攪呢？讓我都忘了時間……」

「今晚情不自禁彈起琵琶，還請您包涵。」

「不，剛才那琵琶音色，比起古今任何逸品，有過而無不及。想必是名器……」

「不，絕不是甚麼名器。」女人悄聲道。

「妳找我有事嗎？」博雅問。

如先前那般，車內人微微掀起垂簾一角，伸出博雅上次看過的白皙小手。這回，細長手指握著一枝芍藥。

沉重白花剛綻開，傳來一陣不可言喻的香味。

花香與女人身上衣物的熏香混合，令博雅有如身處非人世的仙境。

「請收下……」女人說。

博雅接過那花，花上還沾滿當天下至傍晚的雨滴，沉甸甸的。

「博雅大人，非常感謝您至今爲止的照顧。」車內傳出女人聲音。

「妳知道我的名字？」

「是。」女人點頭。

「妳說至今爲止，是甚麼意思？」

博雅如此問，但垂簾內靜默無聲，女人沒回答。

「能不能讓我拜見妳……」博雅問。

對方似乎在考慮，沉默了一陣子，接著，博雅看見白皙手指夾住垂簾下方，垂簾滑溜地往上捲起。

女子身穿白裡透綠衣裳⑥，坐在車內。

她彷彿不見眼前的博雅，自舉高的垂簾內探出身子，於月光中仰望上空。

是個年約二十，花容月貌的女子。

仰望上空那對烏黑的明眸，映著月色。

「月亮眞美……」女子紅脣喃喃自語。

⑥日文為「柳襲」（やなぎがさね）。

垂簾緩緩下降。

女子的臉逐漸隱沒於垂簾內。

博雅張口想說話，卻一句也說不出來。

垂簾緊閉了。

「請問妳名……」博雅說。

然而，車內沒回應。

咕咚一聲，牛車開始前行。

三

「我和對方就此無下文了。」博雅道。

其後將近一個月，博雅依然抽空到堀川吹笛，卻再也未見牛車出現。

「博雅啊，那牛車來聽你笛聲的那段日子，你應該遣人跟蹤那牛車，隨便什麼人都行。難道你沒這樣做……」晴明說。

「我也考慮過了，可是，對方既然沒報名字，我若這麼做，總覺得很不知趣。」

我沒辦法做出這種事——博雅接道。

「如今，我仍記得，那天她掀開垂簾仰望月亮的表情。若那時她飄出牛車，在月光下升空飛去，我大概也不覺得奇怪吧。」

博雅仰頭望向屋簷外的月亮，嘆了一口氣。

「在堀川吹笛時，我也總覺得，對方的氣息傳至我耳裡……」

博雅在吹笛。

牛車停在對面。

垂簾內，宗姬邊聽笛聲邊靜悄悄地吸氣、呼氣。那呼吸氣息，似乎可以傳至博雅耳裡。

「事到如今，我耳裡還留著對方呼吸的聲息……」

博雅將視線從月亮移向晴明。

「然後呢？」晴明問。

「甚麼意思？」

「這事還沒結束吧？我是要你繼續講下文。」

「你知道還有下文？」

「當然知道。你是個瞞不住人的漢子。」

「晴明啊，你這樣說，不等於在說我是個蠢貨嗎？」博雅故意鬧彆扭。

「我沒那樣說。」

「哼哼。」

博雅將酒杯送到脣邊，含了一口酒。

「晴明啊，老實說……」

他微微往前挪了一下，接道：

「我和對方，暌違十二年又相逢了。」

「是嗎？」

「而且，是今夜……」博雅說：「今夜月色太美，來這兒之前，我邊吹笛邊逛到堀川附近。」

博雅邊說邊自己點頭。

他離開自己宅子時，大氣中已充滿出梅跡象。

烏雲四散，上空露出月亮。

雲朵飄蕩，月亮忽隱忽現。

夜晚的空氣，飽含濕氣，令清澈笛聲傳得很遠。

「我到堀川橋畔時，突然憶起芍藥宗姬，就在橋畔吹了一陣子笛。」

過一會兒，博雅回過神來。

「晴明啊，我發現那牛車又停在柳樹下……」

博雅提高聲調。

「我因為懷念當時的事，今晚再度到堀川，可是，今晚並非第一次，況且我根本沒想到能與宗姬相逢……」

博雅笛子貼在脣上，吃驚地屏住氣。

牛車旁只有車夫一人。

博雅記得那車夫面孔。

當下腦海只浮出一句「不可能」。

怎麼可能有這種事……？

博雅暗忖，不知不覺中，雙腳已自然而然往牛車行近。

他站在牛車前。

車是半蔀車。

「博雅大人……」垂簾內傳出呼喚。

正是十二年前聽過的那宗姬的聲音。

「久違了。」細微聲音道：「久違多年再度聽到令人難忘的笛聲，來此一看，果然是博雅大人……」

「我也意想不到，竟能在此再度與妳相逢。」

「笛聲仍如往昔那般，很美。聽著聽著，感覺一顆心好像解脫了，在月光下升空。」

「妳的聲音，也如往昔我所記得那般。」博雅說。

垂簾內傳出輕微的聲音，似嘆息又似笑聲。

「都過了十二年，女人也會變的……」宗姬低聲說：「這世上沒有永恆不變的物事。人心也是……」

「我以爲，今生再也見不到妳了。」

「我也是，博雅大人……」女人說。

博雅就近細看，才發覺牛車的確是十二年前那輛牛車。垂簾雖已換新，但牛車外型及車頂顏色，博雅都還記得。雖然很陳舊，也可見顏色斑駁剝落，不過，看似維護良好。

車夫面貌，雖增加了十二歲，一樣有印象。

「若今晚聽不到笛聲，恐怕往後再也無法與您相逢了。」

「是我的笛子，令我們相逢嗎？」

「是。」

博雅會意，再度將笛子貼在脣上。

葉二——

這是博雅笛子的名稱。

博雅吹起笛子。

和諧悅耳的音色滑出來。

那樂音很纖細。

有如金絲、銀絲互相糾纏延長——另有幾隻閃爍青色燐光的蝴蝶，在月光下與絲線嬉戲。

吹畢一曲，又一曲。

一曲結束，再吹一曲。

博雅出神地持續吹笛。

雙眸流下一串、兩串眼淚。

他停住之後，四周空氣似乎仍充滿樂音，搖來晃去。

柔和的沉默中，只有月光自天而降。

空氣中所有粒子，似乎也感應了博雅的笛聲，仍然含著微妙音色。

垂簾內傳出似嗚咽又似啜泣的聲音。

「怎麼了？」博雅問。

暗泣聲歇息了。博雅再問：

「有甚麼悲哀的事嗎？」

「沒甚麼。」女人說。

彼此沉默了一會兒，女人打破沉默開口。

「博雅大人，您今晚出門到何處了嗎？」
「不，我現在正打算到土御門方向。」
「既是土御門，是安倍晴明大人宅邸嗎？」
「妳眞清楚。」
「我聽說，博雅大人和晴明大人感情很好。」
「原來如此。」博雅點頭。彼此又沉默了一會兒。
「博雅大人，我想請求您一件事。」女人說。
「甚麼事？」
「聽說，安倍晴明大人能施行法術，也能操縱式神，做出各種不可思議的事，這是眞的嗎？」
「既然妳聽過這種風聲，就可能是眞的吧。」博雅回答得有點保守。
晴明時而施展的法術，屢屢都讓博雅大吃一驚。但是，此時不應該說這種話。
「那是眞的了？」
「是，嗯……」博雅有點生硬地回答。
女人像是躊躇未決，沉默半晌，接著開口。
「五天後的文月七日，有相撲大會，那時，將由眞髮成村大人和海恆世大人對賽，博雅大人知道此事嗎？」
「知道。」博雅點頭。
眞髮成村是左方最手。海恆世是右方最手。
所謂「最手」，是當時相撲界最高階的稱呼，相當於「大關」。現代最高階雖是「橫綱」，但「橫綱」此名是在「大關」之後才出現，在當時，「橫綱」是另一種與階級無關的稱號。
博雅當然知道這分任左右最手的眞髮成村與海恆世，將在下次相撲大會中競賽。
「現在宮中那些貴族子弟，成天討論到底誰會贏。」
「是嗎……」
「這有問題嗎？」
「是……」女人哽住話。不久，看似下定決心，說：「能不能懇求安倍晴明大人，讓其中一方輸呢？」
「……」
博雅一時回不出話。
因爲他無法立即明白這女人的意思。
「能不能懇求安倍晴明大人施法，讓右方最手海恆世大人輸呢？」女人

再度說。

「這，這……」博雅無法回答。

突然——

垂簾下出現白皙手指。

手指夾住垂簾下部，滑溜地將垂簾捲起。

垂簾內出現身穿白裡透綠衣裳的女子。

熏香味濃厚起來。

正是久違十二年的那張臉。

這回，女子沒望向月亮，而是筆直望著博雅。

博雅在月光下看清了女子面貌。

她的臉，鏤刻著十二年歲月。

雙頰鬆垂，兩端脣角也因臉頰垂落而出現皺紋。

下巴更有贅肉。

雙眸四周，額頭，都有皺紋，即便在月光下也能看得一清二楚。體態也豐腴不少。

臉比以前胖許多，看上去卻憔悴不堪。

博雅一時著了慌。

並非因看清了囤積在女子臉上的十二年歲月。而是，絲毫不隱藏歲月痕跡的女子，那堅強意志，令博雅情不自禁畏縮不前。

即令月夜，一位身分高貴的女子，在男人面前如此坦露自己面貌，是極爲罕有的事。

這時代，女子於十五、六歲時，便有人向她求婚了。

可見眼前這女子定是下了很大決心。

博雅不知該如何回答是好。

總不能說「我向晴明懇求看看」。

話雖如此，也不能向女人直說「辦不到」。

女子求情般凝視博雅的雙眸，閃動著無可言喻的深刻悲哀，那神色逐漸在眸中增濃。

博雅回不出話來。

內心碎成兩片。

爲何要如此做？

博雅總不能在問明對方理由後，最終還是回覆「辦不到」。

雖然決定答應與否的人，不是博雅，而是安倍晴明本人。然而，就算博雅拜託晴明，晴明也不可能接受這類施法懇求。

博雅只能默不作聲。

「實在很抱歉。」女子突然說：「這不是您能回答的問題……」

女子嘴角浮出寂寥微笑。

「請您忘了我剛剛說的一切……」

女子頷首致歉，在此同時，垂簾也滑落下來，隱住女子身姿。

博雅張著口，卻說不出任何一句話。

咕咚。

牛車如十二年前那般，開始前行。

「等等……」博雅說。

但是，牛車沒停下來。

「眞是美妙的笛聲啊。」

漸行漸遠的牛車內，傳來女子文靜的聲音。

博雅呆立在月光中。

「原來如此，原來是這麼一回事。」晴明說。

「我啊，那時，眞的不知該向她說甚麼。現在邊喝酒邊回憶起來，還是覺得很心痛，胸口很悶。」

博雅垂下眼簾，望著手中酒杯。他沒將杯舉到唇邊，又擱回窄廊。

「不過，晴明，我總不能眞的拜託你施法，讓海恆世大人輸吧？」

「那當然了。」晴明點頭，直爽說：「雖可以看情況，大抵辦不到。」

「我不知道她爲何要這樣做，但應該有相當惱人的隱衷吧？」

「唔。」

「她的煩惱，我一點都幫不上忙……」

「博雅，對方應該也很清楚，自己向你要求了一件難以辦到的事……」

「唔。」

「所以，才會主動離去。」

「我也知道這點，晴明。正因爲知道，所以每想起她主動撤回請求的心情，我就感到很心痛。」博雅煩悶地嘆了一口氣，「晴明啊，我內心好像有一種很怪的感情。」

「甚麼感情？」

「比如說，即便辦不到，或違反人世道理的事，只要是她要求，任何事我都願意幫忙，我內心好像有這種感情……」

「博雅，對方取走你的心了？」

「或許吧。」博雅舉起酒杯，喝了一口。「比起十二年前，她雖老了

些，卻比實際年齡更憔悴。」

「……」

「我想，她大概已過三十五了，可是，我不計較她的年齡，反倒比較在意她那憔悴神情。」

「她說的是相撲大會？」

「嗯，她說，在海恆世大人與眞髮成村大人那場競賽，想讓海恆世大人輸。」

「那場競賽，難道有甚麼內幕？」

「我完全猜測不出，晴明……」

「那場競賽，應該是權中納言⑦藤原濟時大人上奏皇上，才決定的吧。」

「嗯。濟時大人很看重海恆世大人。」

「海恆世大人與眞髮成村大人，這回是第一次對賽？」

「是的。」

「以相撲力士立場來說，眞髮成村大人歲數不是很大了？」

「應該已過四十了。」

「海恆世大人呢？」

「大概不到三十。」

---

⑦中納言，官位一般是正四品上，位於大納言之下，職務與大納言類似，是天皇近侍。但大臣不在時，僅能由大納言代理職務，中納言不可。平安時代，大納言二名、中納言三名。唐朝的相應官名是門下侍郎、黃門侍郎。官名前的「權」，表示與正職官有分但具同等權力的官員。

「唔……」

「宮中人大多認爲，很可能是年輕的海恆世大人會贏。」

「那是可想而知。」

「可是，也有不少人希望成村大人贏。」

「大概會贏，和希望他贏，二者意思完全不同。」

「那當然。希望成村大人贏的那些人，一提及到底誰會贏時，也都認爲恆世大人大概會贏。」

「這也難怪。」

「比起往昔，成村大人的身體雖已不復鮮潤及張力，不過，聽說他在練習時，還是可以狠狠將年輕一代甩出去。」

「可是，那些年輕一代，不是最手吧？」

「嗯。」

「話又說回來，博雅，你在堀川邂逅的那位宗姬，到底爲何想讓海恆世大人輸呢？」

「會不會是眞髮成村的親人？」

「很難講……」

「競賽結果雖也令人在意，不過，我現在比較掛意她的事。」博雅再度

嘆了一口氣。

「她很美嗎？」晴明問。

「美？」

「比起十二年前，她目前如何？」

「這問題，我剛剛不是說了？」

「說甚麼？」

「若要比較肌膚及皺紋甚麼的，那當然是十二年前比較美。可是，目前的她，也非常美。但我剛剛說的，不是這些。」

「是甚麼？」

「晴明，你聽好。」博雅坐正身子，正面望著晴明，凜然說：「我一點也不在意她到底美不美。對我來說，目前歷經十二年歲月的她，更令我感覺憐愛……」

博雅自晴明臉上移開視線，望向自己膝前。

膝前擱著盛酒的酒杯。他舉杯一口飲盡。舉著空杯，博雅再將視線移至夜晚的庭院。

「這種感情，到底是甚麼呢……」博雅喃喃自語：「我想，大概因爲我跟她同類吧。我和她是同舟人。」

「甚麼意思？」

「我是說，我和她同乘一條船，同樣在歲月中往前行駛。我的肉體、聲音，也都跟往昔不同了。我也在同一條船上，隨著歲月河流漂行，漸老漸衰了……」

「不過，博雅，你這樣說不合邏輯。」

「爲甚麼？」

「按你的意思來說，具有生命的一切，不都同乘一條船嗎？不只對方與你。任何人不都同乘一條船嗎？」

「這……」

「到底又如何呢？」

「你這樣問……」博雅支支吾吾，「晴明，我明白你的意思，可是，我也只能如此形容了。」

「是嗎？」

「比如說，晴明，你與對方有肌膚之親，當你看到心上人的肉體逐漸衰老時，你會感到悲哀吧？」

「唔。」

「可是，正因爲對方的肉體逐漸衰老，你不是會更感憐愛嗎？正因爲逐

漸衰老的肉體令人悲哀，對方不是才會令我們更感憐愛嗎？」

「……」

「不知怎麼回事，我最近總有這種感覺……」

「原來如此。」晴明點頭，應了一聲。「你的意思，我明白……」

「是嗎？你明白嗎？」

「不過，博雅啊，你打算如何？」

「甚麼打算如何？」

「想找那位宗姬嗎？」

聽晴明如此問，博雅舉著酒杯沉默不語。

「你打算找出那位宗姬，再與她相會？」

「不知道。」博雅答道，在酒杯盛滿酒，一口仰盡。

「目前，我還不知道答案。」

博雅低語，將空酒杯擱在窄廊。

酒杯發出輕微咕咚聲。

夏蟲在月光灑落的草叢中鳴叫。

卷二 相撲大會

一

據《今昔物語集》記載，海恆世是丹後國①的相撲力士。

據說，某個夏日，恆世出門散步。

他腳著木屐，龐大身軀只披件浴衣，腰上隨意綁著腰帶。

身旁僅有童子一人隨行。

恆世宅子附近，有條河川。這河川年代很久，形成好幾處深不見底的綠淵。他隨身僅攜帶一根分叉杖子。

兩人漫步來到河邊。沿著河岸乘涼，踏著草叢前行。

太陽已深深西斜，將要落入山頭。

恆世在某潭格外巨大的深淵前停下腳步。

深淵四周的河岸，有幾株高大古杉，形成樹蔭，枝梢垂落水面。

深淵內，河水沉重地緩緩打旋，淤塞得水面油綠綠的，深不可測。

柳樹根處長滿繁茂的蘆葦及茭白，更增添陰森森的感覺。

恆世在此看見個怪物。

離深淵對岸三丈（約九公尺）的水面，突然高高隆起。那隆鼓水面穿過徐緩水流，往恆世這邊挨近。看似水中有個孩童，將頭埋在水裡游過來。

---

①現京都府北部。

「奇怪……」

恆世站在河邊，觀看那隆鼓水面。

隆鼓水面挨近這邊河岸時，水中出現巨蟒蛇首。

巨蟒雙眼發出綠光，伸出紅舌滴溜溜轉。

「哎呀！」

童子發出悲鳴。

「是大蛇！恆世大人，快逃！那蛇打算吞噬我們！」

「眞的？那太有趣了。」

海恆世若無其事地觀看挨近的大蛇。

「恆世大人！」

童子叫了一聲，終於忍不住逃離現場。

大蛇在水流中停止動作，綠色雙眼望著恆世。

那是在估測恆世力量的眼神。

「那蛇，在評估我到底有幾斤幾兩？」

恆世與大蛇互相瞪視了一會兒。

從頭部大小看來，那蛇應該相當巨大。

不久，只見蛇眼閃了一下，蛇首潛入水中。隆起水面往對岸移動。游至對岸蘆葦中後，隆鼓處消失了。

「蛇小子，逃掉了？」

恆世暗忖，不料，水面再度隆起，往這邊挨近。隆鼓處穿過河流，露出水面，這回不是蛇首，而是蛇尾。

「咦，蛇小子打算怎樣？」

恆世繼續觀望，原來蛇尾上岸後，一圈圈纏住恆世右腳。

「這小子，打算把我拉進河裡？」

蛇尾強勁有力地拉著恆世右腳。

恆世叉開雙腳使勁站在原地，蛇尾也加強力道拉著恆世右腳。

「嘸。」

恆世硬撐，結果腳上木屐的兩根齒都折斷了。

那力量極爲強勁。

「這小子，眞不簡單。」

蛇尾的拉勁益發猛烈，硬撐在原地的恆世，滿面鼓脹通紅。就在他持續撐著時，雙腳喀吱喀吱沒入土中約五、六寸。

接著——

感覺像是繩索斷裂，拉曳雙腳的力量突然消失。

「難道扯斷了？」

只見河流中浮出大量鮮血。

恆世抽回右腳，蛇尾也跟著滴溜溜上岸。仔細一看，蛇身從中斷裂了。

恆世鬆開蛇尾，在河中清洗被蛇纏得瘀血的腳，紫斑卻不見消退。

不久，其餘隨從聽了逃回去的童子報告，紛紛趕來。

「您沒事嗎？」隨從問。

「喔。」恆世若無其事地回應，「拿酒來。」

恆世命隨從拿酒來，用酒洗滌腳上瘀斑。

「太驚人了！」

「這眞是一條大蛇！」

隨從看了恆世從河裡抽到岸上的蛇尾，大呼小叫。

恆世讓隨從量了蛇尾斷口尺寸，竟有一尺寬。

「你們去看一下蛇首。」

恆世命隨從到對岸搜尋蛇首，隨從在一株高大柳樹下，發現蛇首一圈圈纏捲在樹根，已喪命了。原來大蛇以此方式與恆世的神力對抗。可是，恆世的力量勝過大蛇，蛇身遂自中間斷裂。

不知己身終成兩截而扯曳，蛇心不可解也

《今昔物語集》如此記載。

過幾天，大家決定試試當時那大蛇到底有多大力量。若以人數比擬，到底相當多少人之力，於是搓了一條粗繩，纏在恆世腳上，讓十個男人拉曳。

「不，應該不僅這般。」

恆世文風不動。

既然如此，那就再加三人，又加五人，總計加了十人，讓他們拉繩。

「不夠，不夠，不僅這般。」

恆世依然無動於衷。

最後讓六十人拉，恆世才終於點頭說：

「嗯，差不多如此吧。」

《今昔物語集》中描述，由此事可知，海恆世的力量可能抵過百人。

而將成爲海恆世對手的眞髮成村，也留有幾則軼事。

據《今昔物語集》及《宇治拾遺物語》，眞髮成村是常陸國②人，另一說法是陸奧國③人。

是相撲力士眞髮爲村的父親，經則的祖父。

事情發生於某年相撲大會，當時，諸國相撲力士均聚集京城。相撲大會是每年文月例行行事之一，皇上會御駕觀賞。

②日本茨城縣東北部。

③日本東北地方。

大會前兩天是預賽，當天是左右對抗賽，翌日舉行選拔賽及淘汰賽。

大會約進行四天，相撲力士於大會一個月前上京，分別配屬左右近衛府，每天努力練習，直至大會當天。

眞髮成村也和其餘相撲力士一起上京，在近衛府起居，等待大會來臨。

時値盛暑，連日連夜酷熱不堪。

某天，有人說：

「天這麼熱，練習前把汗出光了，身體會乾癟下去。」

「我們到朱雀門附近乘涼吧。」

以眞髮成村爲首，幾個相撲力士決定相偕到朱雀門。

朱雀門位於將京城二分爲南北的朱雀大路正面。

七間④五戶。

左門柱至右門柱之間，寬十三公尺。有五扇門扉。

全體寬十九間（三十五公尺），高七十尺（二十一公尺），是二層式建築的巨大樓閣。

朱雀門下是一片濃厚陰影。

朱雀大路寬二十八丈（八十四公尺）——是個通風場所。

一行人在陰影下吹風乘涼，過一會兒，大家邁開腳步，打算回宿舍。

---

④長度單位，一間為六尺，約一・八一八公尺。

走至二條大路往東，在美福門右轉，順著壬生大路南下。

右側是大學寮。

走著走著，又熱起來，全身冒汗。大家都穿著便服，因解開前襟繫繩，胸前大敞。頭上烏帽也戴得歪歪斜斜。

成村畢竟有身爲最手的自覺，裝束整齊，但高頭大馬的相撲力士，衣冠不整地成群結隊走在路上，的確不成體統。

來到大學寮東門前，門下湊巧也有學生在乘涼。相撲力士經過眾學生一旁時，口口聲聲抱怨：

「眞是熱得要命。」

「實在受不了。」

對這群邊抱怨天熱邊路過的相撲力士，學生中有人出聲喝叱：

「吵死了！安靜點！」

「甚麼？」相撲力士中有人應戰。

「我們不能讓你們這種邋遢人過去！」

學生三三兩兩站到壬生大路中央，堵在這群相撲力士面前。

此大學是培育朝廷官吏的最高學府。除非出身高官門第，否則不能入學。以現代說法，當時的大學生是菁英中的菁英。可說是朝廷最高智囊團。

與憑藉腕力、體力等肉體能力爬至目前地位的相撲力士，正好成對比。

「你說甚麼？」

「這些傢伙，要硬幹嗎？」

雙方都因天熱而激憤，氣氛險惡。

「把他們踩過去……」

當然也可以強行突破堵在眼前的學生群，然而，大多數學生是貴族子弟，相撲大會之前發生騷動畢竟不妥。

「別鬧，別鬧……」成村勸解相撲力士，打算離開。

「想逃？」背後傳來叫喚。

回頭一看，是個年輕學生，身軀低矮，身上外衣及烏帽卻比其他學生高級許多。

那學生以僵直、炯炯射人的眼神瞪視成村一行。

「相撲人也不過爾爾嘛。」年輕學生說。

這句話令相撲力士個個摩拳擦掌，成村挺身而出，制止大家。

「好啦，好啦，我們回頭吧。」

再率領一行人折回朱雀門。

可是，其他力士氣憤難平。

「那些毛頭小子，一把捻碎不就行了？」

「爲何要忍這口氣？」

相撲力士異口同聲向成村抗議。

「慢著，等等。」成村安撫大家說：「他們也因天熱而有點煩躁吧。」

「可是，那些毛頭小子不是太囂張了？爲何我們必須回頭？」

「回頭，正是關鍵點哪。」成村道。

「甚麼關鍵點？」

「我們曾一度回頭——下次要是再生事端，我們不就有理由申辯了？」

「下次？」

「嗯。今天我們走另一條路回去，明天再來朱雀門，回去時走壬生大路給他們看。那時，要是那些學生再度找碴，我們再給他們好看。」

「喔，這主意眞有趣。」

相撲力士擊掌叫好。

「我最受不了那個瞪視成村大人的年輕學生。」

「是那個嘴臉氣勢洶洶的矮個子？」

「是的。」

「年輕人碰到萬事不從願時，都是那模樣。」成村的表情，像是憶起自

己年輕時的事。

「成村大人，你想袒護那小子？」

「不，我不是這意思。」成村踏前一步，愉快地說：「我對那小子有點興趣。明天他們再向我們挑釁的話，我想試試那小子。」

「試甚麼？」

「看那小子到底有多大本事。」

「甚麼意思？」

「讓你來吧。」

「我？」

「他們若再度挑釁，你不必管他人，就針對那小子露一手。玩眞的也無妨。」

「可以嗎？」

「可以。你狠狠踢那小子屁股一腳。」

「明白了。」

點頭應允的男子，以過人膂力爲傲，早晚將成爲「脇」。

相撲界最高階是「最手」，其次爲「脇」，可見他是相當有實力的力士。

翌日——

與昨日一樣，以成村爲主，力士們又前往朱雀門。

大概聽聞昨日風聲，其他力士也爭先恐後跟在後頭，人數比昨日倍增。

一行人在朱雀門消磨了時間，然後成群結隊同樣在美福門前拐進壬生大路，發現東門前附近，同樣聚集了一群學生，人數將近昨日雙倍。他們看到成村一行人，立即堵住去路。

「吵死了！安靜點！」有人高呼。

站在最前頭的正是那矮個兒學生。

大學寮東門前，相撲人集團與學生集團互相對峙。

好，上！

成村使了個眼色，前述的相撲力士馬上奔向那學生，用左足狠狠踢了對方一腳。

年輕學生瞬間沉下身，躲過攻擊，力士踢了個空，因用力過猛，四腳朝天仰倒在地。

年輕學生伸出右手，一把抓住倒懸半空的相撲人右足，輕而易舉地提起來。接著，宛如在揮舞棒子，將相撲人身子掄向其他相撲人身上。

眨眼間，數個相撲人即給絆倒。

「喔！」

「這個招架不了！」

有幾個相撲人飛奔逃開。

「想逃？」

年輕學生將手中相撲人的身子，拋投至奔逃者身上，結果相撲力士身子越過奔逃者頭上，凌空飛了二、三丈，狠狠摔在地面。

將所提相撲之身，拋至二三丈外仆倒於地。身碎無以立起

落在地面的相撲人摔斷了骨，睜著雙眼昏厥過去。

實是超人怪力。

「眞是駭人的力量。」

成村半愕然地觀看事情發展。他猜測對方可能有一手，卻萬萬沒想到本事如此大。

四周的相撲人及學生，已打起群架。

當然是相撲人這方占優勢，但以人數來講，學生那方較多。

成村本以爲，若最初就將那學生撂倒，其餘學生應該會服服貼貼，不會導致大騷動，這下適得其反。

原本只打算修理囂張學生一頓，掃掃暑氣，沒考慮太深，現在相撲人及學生均當眞動了肝火。萬一火拚起來，大概不僅折骨斷耳，學生那方很可能

有人因此而喪生。

「喂！」

成村吩咐一旁的相撲人，命他扛起摔在地面昏迷不醒的力士，再向其餘夥伴高呼：

「大家暫且退卻！」

「你是大將？」有人向成村搭話。

正是那位學生。

「原來是你。」成村轉身面對學生。

學生橫眉怒目瞪著成村。

「太可惜了……」成村情不自禁向學生說。

「嗯？」

「你乾脆不要當學生，來當相撲人好嗎？」

「甚麼？」

「你比較適合相撲人。」

「那，要不要試試？」

「試甚麼？」

「試試你到底有多大本事。如果你贏了，我可以考慮看看。」

剛語畢，年輕學生已劈頭衝過來。

成村以胸承受，發出岩石相撞的聲響，他腳上的皮靴後跟全部陷入土中。學生依然用頭部使勁往前推，成村奮力頂住，雙腳撲哧撲哧陷入土中，深幾達腳踝。

看來，若不認眞應付，恐怕贏不了。

可是，此刻要是煞有介事地跟學生繼續較量下去，自己的身體肯定也難保安然無恙。萬一受傷了，會影響大會競賽。

「喂，」成村向學生說：「等相撲大會結束，第二天再來這裡見面。那時，我們再繼續決一勝負好嗎？」

成村用力將學生推回去，騰出間隔後，轉身逃之夭夭。

「等等！」學生在後追趕。

成村往朱雀門方向奔逃，跑到附近一面土牆前時，蹬腳飛躍過去。用力蹬地的右足，在身體之後越過土牆時，緊追上來的學生，伸出右手抓住成村右足。

「別逃！」

學生抓住的正是成村腳上皮靴腳跟。皮靴與腳跟，如被長刀斬斷，刷地一聲連皮帶肉整個剝落了。

隻腳逕越牆，靴踵乍然被捕，手執靴踵足皮，如刀切割，曳斷皂靴踵

啊呀，世上眞有如此駭人的人力士——

據說，成村在土牆另一方，揉搓鮮血噴濺的右足腳踝，如此嘆道。

帶著腳傷上陣的成村，好不容易才在相撲大會獲勝，翌日，他來到相約地點，足足等了一天，學生卻沒出現。

當天，成村老實地回到宿舍，繼而返鄉，但他始終不死心。

第二年相撲大會時，他重新遣人搜尋那學生，結果還是不知學生去向。

「哎，要是那學生當了相撲人，應該可以成爲古今獨一無二的最手。」

成村日後如此說道。

話又說回來——

這位眞髮成村與海恆世之所以必須一爭長短，該說是因藤原濟時而起。

二

相撲，自古以來即被視爲神事流傳至今。

據聞，古時每逢貴人過世，身爲相撲人的大力士會舉行競賽，這是一種祭祀死者的安魂儀式。

日本各地的古墳及遺跡，常見力士土俑出土，正是強烈的線索。根據《日本書記》，垂仁帝⑤在位第七年七月七日，當麻蹶速與野見宿禰對賽，野見宿禰擊敗當麻蹶速獲勝。這正是相撲大會的起源，而相撲大會成爲宮廷儀式，則約是從天平六年（七三四）開始。平安時代中期，相撲大會已成天皇觀看的宮中例事之一，於每年七月舉行。

這時期，相撲大會不但是神事，同時也加強了貴族娛樂要素，觀戰時，除了供應飲食與酒，競賽結束後，還會舉辦宴會。

每年七月，朝廷召集各地相撲人前往京城，分成左方、右方二組，配屬左右近衛府，讓左右方相撲人進行競賽。

左方、右方相撲人各有所謂「方人」的聲援者，而「方人」身後，又各有所謂「念人」的貴族支援者。

大會第一天，左右二組的競賽，自第十七級開始，直至第二十級，翌日，再從前一天進行競賽的相撲人中選出優秀者，讓他們再度一較長短。

這正是所謂「拔出」賽。

相撲大會當天，首先由陰陽師率領所有相撲人，邊唸咒文邊走禹步。

陰陽師執笏，迎請龍樹菩薩、伏羲、玉女等眾神，再吟誦天門咒、地戶咒、玉女咒、刀禁咒、四縱五橫咒，謹稟遁甲九星，走禹步，誦禹步咒。接

⑤第十一代天皇。紀元前二十九年即位。

著，樂所大夫率領樂師邊奏「亂聲」邊進場。

儀式結束後，皇上才出現，競賽節目開幕。

相撲人登場時，打扮是犢鼻褌上繫著短刃，身穿狩衣，頭戴烏帽，赤足；比賽時，脫下狩衣，取下烏帽，擱在圓草墊上，再進行比賽。

當時沒有相撲場地界線。

海恆世屬右方，藤原濟時是右近衛門大將。藤原濟時很捧海恆世的場，非常關照他。

「這回的相撲大會，讓海恆世和眞髮成村比賽，皇上覺得如何？」濟時向皇上說。

「可是，這不是沒有先例嗎？」皇上有點爲難地望著濟時。

「不，左方最手與右方最手比賽之事，這並非首次。」

「朕知道。朕不是此意。朕是說，海恆世和眞髮成村相鬥，是首次。」

「正因爲是首次，不是更好嗎？」

「不過，考慮到他們的年齡……」

海恆世頂多才三十，而眞髮成村即將五十了。兩人相差二十歲左右。

村上天皇在位時，成村即是相撲人，恆世則在村上天皇在位末期，才成爲相撲人。不知爲何，至今爲止，兩人從未互相較量過。

最初，兩人從未搭配爲競賽對手，只是偶然而已，而兩人均成爲最手後，則因過往從未組合比賽過，若於皇上在位期間破例，很可能對皇上有不良影響，才特意避開兩人的組合。

不過，讓他倆競賽的意見，並非從未有過。好幾回都有人提此建議，只是相關人員考慮到兩人的年齡，故意避開而已。

再說，無論如何，年輕的恆世具絕對優勢，眞髮成村處於不利，是不能否定的事實。

「話雖如此，你過去不是專捧眞髮成村的場嗎？」

皇上說的是事實。

數年前爲止，藤原濟時很關照成村。最近卻轉爲支持海恆世。

「事到如今，何必讓成村蒙羞呢？」皇上說。

「皇上如此說，不是表明了成村一定會輸嗎？其實未必會輸。」

「爲甚麼？」

「眞髮成村雖已衰老，但他的怪力古今無雙。海恆世還無法比得過他。」

「唔，嗯。」

「就軀體來說，成村也比恆世雄壯。恆世的確年輕，但碰上一決勝負的場合，手腕老練的成村，不是可能以技取勝嗎？」

「唔。」

「左方最手成村，右方最手恆世，難道皇上不想觀賞這兩人的比賽？」

「那當然是想看了……」

「既然如此，不是很好嗎？」濟時大聲說：「若兩人眞進行競賽，肯定將成爲美談留傳後世，如果此時放棄讓他倆比賽，恐怕後人會質疑，爲何我們不讓他倆較量。」

「好，朕明白了。」

濟時終於說服了皇上。

有關眞髮成村，《今昔物語集》中如此記載：

論體魄，論力氣，無與倫比

他是人中偉丈夫，就腕力來說，沒人能敵得過他。

而有關海恆世，《今昔物語集》則記載：

論氣勢，較成村稍劣，然招數極爲高明

看來，恆世體格雖有點不如成村，但招數巧妙。

這回相撲大會的決鬥背景，正是善招數的恆世向大力士成村挑戰的格局。

然而，格局歸格局，海恆世也並非尋常的大力士。

前面已介紹過恆世的軼事，他曾與大蛇較量力氣，把大蛇扯成兩半。

兩人的競賽，在宮中也成爲熱門話題，只是，大多數殿上人都認爲海恆世會獲勝。

正如源博雅向安倍晴明所說那般。

無論哪方獲勝，哪方敗北，對兩人來說，都是極爲值得同情的結果。

勝負之交，孰勝孰敗，均可哀也哉

宮中人如此言傳。

三

此處是堀川院。

在皇上與殿上人圍觀下，「拔出」賽一組接一組結束，輪到眞髮成村、海恆世兩人時，已近黃昏。

成村、恆世都脫下狩衣，取下烏帽，身上只穿犢鼻褌，相對而立。

成村看上去面無血色，臉很蒼白。

恆世反倒血脈賁張，滿面通紅。

兩人在左右裁判監守下，互相瞪視。

成村身軀龐大，對立的恆世，雖比成村矮些，肉體卻絕不亞於成村。

兩人之間充滿氣焰，氣焰逐漸膨脹。

就在兩人身軀看似撞在一起時，成村突然要求「障」。

「慢著。」

所謂「障」，跟現代相撲時要求「暫停」類似。

臨比賽前，若相撲人要求「障」，可免除比賽。

然而，雖說「障」與「暫停」意思類似，畢竟有差。「暫停」終究只是將比賽延後而已，而「障」，有時候看情形甚至會取消比賽。

海恆世鬥志十足，氣焰達最高峰，已劈頭往眞髮成村衝過去，所以當成村揚聲要求「障」時，兩人已抱在一起。可是，既然一方要求「障」，競賽也就不能繼續下去。

成村是老相撲人，年齡也大了。不顧一切就如此開賽，對他太不利，恆世只得鬆開已抱住的成村軀體。

但是，經由方纔那一抱，恆世感覺成村雖衰老了，力氣仍與至今爲止的對手迥然不同，大概不容易擊倒。

看來，必須孤注一擲了——

恆世再度與成村對峙。

氣焰重新高漲，要一決勝負時，成村又要求「障」了。

「慢著。」

恆世只得再度鬆開成村。重整陣勢，臨到緊急關頭時，成村又要求「障」。

如此六次。

過去也有因要求「障」而中止比賽的例子，可是，連續六次，顯然是故意的。

難道成村如此懼怕恆世？觀眾與皇上之間逐漸有人埋怨。

成村面色蒼白地瞪視恆世，第七次時，他依舊要求「障」。

「慢著！慢著！拜託！」成村邊哭邊高喊。

然而，這回恆世不接受成村的要求，比賽終於開始了。

不知是成村認爲已逃不了，還是走投無路，他扭曲著臉，發出飽含怒氣的「啊呀」一聲，站起身，不顧一切拚命扭住對方。

恆世右手環抱成村脖子，左手伸進成村腋下。

成村揪住恆世的前襌，也就是犢鼻褌前部，再抓住橫褌，猛力貼住恆世胸部，只是發狂般胡攪蠻纏，令恆世招架不住。

看成村宛如孩童邊哭邊頂，恆世終於大聲斥喝：

「成村大人！你瘋了？」

成村卻充耳不聞，一把拉近恆世身軀，伸腳從外去絆恆世的腳。

恆世盡己所能耐住，腰部後彎，看似即將折斷脊椎。

恆世雙足逐漸撲哧潛入地中，正當眾人認爲成村將勝時——

「唔，唔。」

恆世也伸腳從內勾絆成村的腳，再將身軀壓往對方，把成村壓倒了。

成村發出巨響，仰躺於地，恆世的身軀則橫躺在成村身上。

此時，左右中央諸人，皆大驚失色

成村敗北，恆世獲勝。

當時，獲勝方的聲援者，按慣例必須拍手嘲笑敗北方的聲援者，但此刻，不但沒人發出笑聲，更沒人拍手。

眾人都與鄰座壓低聲音竊竊私語。

之後，本來預計進行下一場比賽，眾人卻爲了這場比賽而議論紛紛，爭辯至天黑。

至於被恆世壓倒的成村，起身後回到相撲宿舍，穿上狩衣，當天就回常陸國了。

之後，成村又活了十餘年，這期間，他以「丟臉」爲由，未曾再上京，最後終死故鄉。

另一方，獲勝的恆世，竟然站不起身，就那樣倒躺在地，最後讓右方的相撲幹事們扶起，撐著他到弓場殿，讓他躺下。

右方大將藤原濟時自紫宸殿階下座位下來，走到躺臥的恆世身邊，問：

「沒事嗎？」

「濟時大人……」

恆世隻手撐著，好不容易才起身。

「成村能量如何？」濟時問。

「他是優秀最手。」恆世只回答了這句。

濟時脫下身上的下襲⑥，遞給恆世說：「這就賞給你。」可是恆世卻無法穿上。

據說，恆世雖獲勝了，胸骨也斷了好幾根。

相撲人均猜測，可能是成村用胸部貼住恆世胸部，猛力抱住時折斷的。

「哎，雖說敗北，成村大人的力量實在駭人。」

「恆世大人雖折斷了胸骨，還是壓倒了成村大人，這不是也很厲害？」

「成村、恆世，兩人都是傑出最手。」

好一陣子，兩人的事成為宮中熱門話題，然而，海恆世卻因此時的骨折，比賽後不久，即在播磨國過世了。

---

⑥前半身只及腰下，後下擺卻長及地面，形成一條帶狀，走路時讓隨從在後捧著，或塞進腰帶。

卷三 鬼笛

一

在此，先說明一下源博雅這漢子的事。

之前已在其他篇章提過了，可能會重複，不過，跟晴明一樣，我認爲在此必須重新解說此人物的事蹟。

源博雅——

是第六十代醍醐天皇皇孫，父親是克明親王，母親是藤原時平的女兒。敦實親王（式部卿宮）是博雅的叔公，而敦實親王的妻子與博雅的母親是姐妹，因而先前登場過的廣澤寬朝僧正，亦即敦實親王的兒子，與博雅是表兄弟。

宮廷人。

天延二年（九七四）晉升從三品。

是位將宮中高雅風氣當空氣般呼吸的人物。

也是雅樂家。

《今昔物語集》中如是說：

> 萬事卓越超群，尤以管弦之道造極

《續教訓抄》則如是說：

博雅三品，管弦之仙也

不但琵琶琴技玄妙，也擅長龍笛、篳篥。

更自己作曲。

他所作的雅樂〈長慶子〉留傳至今，每逢傳統舞蹈會「舞樂會」，必定會演奏這首退場樂。〈長慶子〉似乎混合了南方調子，在現代人耳裡聽來，仍是一首典雅纖細的名曲。

像源博雅這般飽受上天寵愛的人，恐怕絕無僅有。

根據方纔提過的《續教訓抄》，博雅出生時，上空響起祝賀樂音。

同書記載，有位聖心上人住在東山。

某天，聖心上人聽到傳自上天、難以名狀的樂音。

二笛。

二笙。

一箏。

一琵琶。

一鼓。

這些樂器奏出玄妙音色，聽起來直非塵世俗樂。

「奇怪……」

聖心上人仰望上空。

西方上空密布五彩祥雲，樂音正從那方向傳來。

「難道有喜事？」

聖心上人循著樂音方向走去，發現那兒是某貴人宅邸，而宅內正好將有嬰兒呱呱墜地。

嬰兒出生後，樂音與五彩祥雲也同時消失。

出生的嬰兒，正是源博雅。

與天上樂音一起來到這世上的博雅，具有超群拔類的音樂才能，也是想當然爾，不足爲怪。

話又說回來——

有位盲法師住在逢坂關草堂。

名爲蟬丸，本是服侍式部卿宮的雜役。

此人是琵琶名人，據說擅長彈奏傳自大唐的琵琶祕曲〈流泉〉、〈啄木〉。又聽說原本是式部卿宮慣常彈的曲子，盲法師經常耳聞，不知不覺就學會了。

「若有機會，眞想聽聽蟬丸法師大人彈奏琵琶。」

博雅平素便懷有此願，卻始終苦無機會。

某天，他終於遣人到逢坂，問蟬丸法師。

「您爲甚麼住在這種荒郊野外呢？願不願意搬到京城來住？」

蟬丸法師回覆了一首和歌：

世上豈無安居處，貝闕珠宮，土階茅屋，終是中看不中留

在這世上，橫豎都活得下去。不管居處是豪華宮殿，抑或簡陋茅屋，終有一天都會失去。

「眞是高雅之士啊。」

聽法師如此回覆，博雅益發欽佩莫名，更想見見這位法師了。

「眞想找個機會拜見這位大人，並聽他彈奏琵琶。」

現今會彈奏〈流泉〉、〈啄木〉祕曲的人，僅蟬丸法師一人。

「萬一蟬丸法師大人哪天過世了，這兩首祕曲將會同時失傳。就連我，也不知道何時離開人世……」

博雅想到這點，每每不能自制。

於是，決定每晚親自前往逢坂拜訪蟬丸法師。

這漢子，有如前去與日夜戀慕的女子相會，某夜，終於獨自一人前往逢

坂關了。

然而，他並非直接求見盲法師，懇請他「務必讓在下聽聽〈流泉〉、〈啄木〉二首祕曲」。

他竟然躲在草堂院子一隅，耐心等待蟬丸主動彈奏琵琶。

只是，光一晚的話，不可能偶然聽到法師主動彈奏〈流泉〉、〈啄木〉祕曲。

於是，博雅每夜都到法師住處，躲在院子，內心默禱：

「待會兒一定彈，待會兒一定彈……」

夜夜懷著法師於下一瞬可能便會彈奏的期盼，心怦怦跳地等待。

每逢月明風清的夜晚，博雅更會暗忖：

「即使無法目睹夜色，在這種風雅夜晚，蟬丸大人或許會彈起〈流泉〉、〈啄木〉……」

思及此，博雅更加熱切渴望，然而，蟬丸始終遲遲不彈那兩首祕曲。

持續往來逢坂，整整三年——

八月十五日夜晚。

月色朦朧，清風徐來。

啊，今夜有興乎？逢坂盲，今夜將彈流泉、啄木乎？

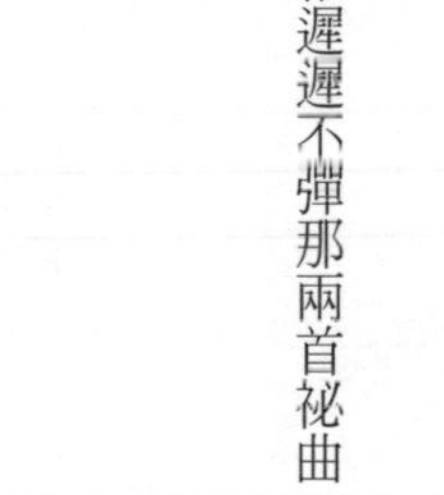

博雅痴情巴望著，只見蟬丸坐在簷下窄廊，抱著琵琶開始彈奏。

蟬丸彈著彈著，看似沉緬於無限感慨的情懷。

　逢坂關暴風疾雨，夜未央靜待天明

蟬丸邊彈琵琶，邊如此吟誦。

　逢坂關逢狂風暴雨，輾轉反側，盲人之身，只能靜坐等待天明……

博雅聽畢，淚流滿面。

接著——

傳來猶如琵琶主動撥弦的樂音，正是傳說中的〈流泉〉、〈啄木〉。

有關此二首祕曲，《教訓抄》中記載：

　胡渭州最良祕曲，申曲流泉啄木也。梁王雪苑月樓奏，棲棲風香調，無須語言心。南海黃門，相具一琵琶，萬里波濤浮浮。何等景色乎。風香調中，飽含花氣，流泉曲間，月光皎潔

博雅已涕泗滂沱。

仔細一看，朦朧月光中，蟬丸的盲目也流下兩串淚。

「啊，今夜有興。不知世上有無好事者？若人來，可夜語。」

啊，這眞是令人雅興大發的夜晚呀。不知這世上有無他人共解此風雅情趣？若有深諳管弦之士，能在如此夜晚光臨，老僧眞想與他暢談通宵啊。

聽到蟬丸這麼說，博雅的心應該跳得很激烈。

啊，法師說的正是自己。

眞想現身在蟬丸面前。可是，一旦現身，蟬丸便知道自己偷偷躲在院子一事。

該如何是好？

猶豫了一會兒，這漢子終於下定決心，淚也不擦，站起身。

「有京城人博雅在此。」

這位過於純眞無邪的善感漢子，也許是面紅耳赤，呼吸急促，且像個未經世故的青年，靦腆地說出這句話。

此刻，他的心情大概有如自朱雀門往下跳那般。

那人的話，正在此——博雅說。

「出此言者，到底是何方人物……」蟬丸問。

博雅詳細說明至今的來龍去脈。

「原來你已往返敝舍三年？」

「所幸今晚能耳聞〈流泉〉、〈啄木〉，眞是無上喜悅。」

如此，博雅與蟬丸對坐窄廊，於朦朧月光下促膝暢談。

博雅若問及〈流泉〉、〈啄木〉某句旋律，蟬丸便回說：

「此處旋律，已故式部卿宮往昔是這樣彈的。」

說畢，蟬丸再精心彈奏示範。兩人度過一段如夢如醉的時光。

《教訓抄》記載，當夜，博雅接受蟬丸口授，黎明時分才離去。

話又說回來——

這也是《今昔物語集》中的故事。

村上天皇在位期間——

宮內有把名為玄象的琵琶。

是來自大唐的琵琶名器。

自古以來即為皇室代代相傳的寶物，某日，玄象突然不翼而飛。

村上天皇哀嘆：

「不想如此珍貴之品，竟在吾代遺失……」

因此臥病在床。

宮中人議論紛紛，彼此猜測到底是誰偷走這把名器。有人說：

「即使偷成了，也不可能將一眼就能看出是玄象的琵琶留在身邊。」

「或許是對皇上心懷怨恨的人，偷走玄象並敲壞了？」

源博雅也是爲玄象遭竊之事而痛心的人。

某夜，博雅在清涼殿值更。

其餘人都入睡了，夜深人靜，唯獨博雅因睡不著而未躺下。

他憶起曾幾度親手彈奏的玄象。

「啊，這麼一把琵琶珍品，竟如此自世上消失了……」

博雅在內心喃喃自語，嘆息連連。

冷不防——

博雅回過神來時，聽到遠處隱約傳來琵琶聲。

是錯覺？

他疑惑地傾耳靜聽，的確是琵琶聲，而且那音色很耳熟。

這不是玄象嗎？

博雅平心靜氣地再度仔細聆聽，果然是玄象的音色。他不可能聽錯。

博雅很驚奇，沒告知任何人，身上只穿便衣，腳上套上皮靴，帶個書僮就出門了。

在漆黑夜色中側耳傾聽，依舊可聞琵琶聲。那音色正是玄象，似乎來自南方。

他走出衛門府值班室，探尋琴聲，發現聲音好像自朱雀門附近傳來。

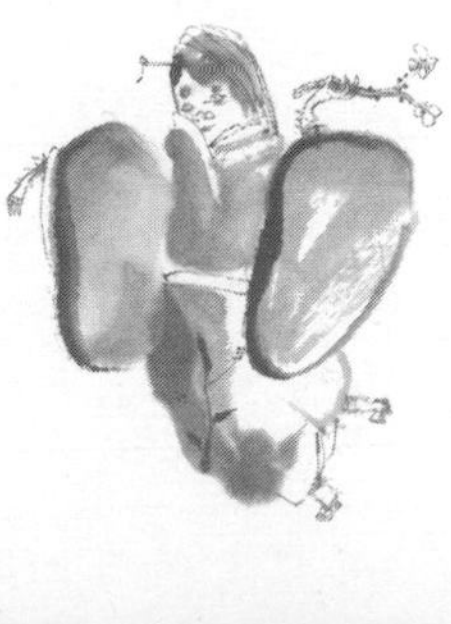

可是，等他南來到朱雀門時，玄象琴聲又在更南方響起。
「難道偷走玄象的人，爬到瞭望樓，在那兒偷偷彈琴？」
思及此，他又來到瞭望樓，發現琴聲依舊遠在南方。
如此，他持續往南，最後來到羅城門。
荒廢的羅城門聳立在黑暗中，站在門下仰望，玄象琴聲自上方傳來。
方纔為止，書僮一直要求博雅回去，此刻，竟連書僮也噤若寒蟬。
博雅則忘了書僮在旁，一心聆聽玄象琴聲。
這音色怎如此美！
琴聲餘音嫋嫋，在黑暗中搖曳，在荒廢的羅城門屋簷下縈迴，在夜風中飄蕩。那是美得絕頂的音色。
雖說是玄象這琵琶的資質佳，但彈琴人也極為出色。聽起來總覺並非出自凡人之手。
「此非世人所彈，必為妖鬼之輩所奏。」
聽了一陣子，琴聲歇止，過一會兒，再度響起，重又歇息，三度響起。
博雅如痴如醉地聽著。
不久，琴聲眞的停止了。
「請問……」

博雅朝樓上呼喚。

「是何方神聖在樓上彈琵琶？」

可是，沒人回應。

漆黑夜色沉重地盤踞在博雅頭上。

「這音色分明是前些日子宮中失竊的琵琶玄象。皇上因過度哀傷而臥病在床。能不能請閣下歸還琵琶玄象？」

博雅的說法直截了當。

結果，沉寂了一會兒，自樓上降下一把用繩索綁住的琵琶。

博雅接過一看，果然是玄象。

之後，無論博雅問些甚麼，樓上始終報以無言。

博雅立即回到宮中，向皇上報告此事。

村上天皇大喜若狂，說：

「果真是妖鬼偷走這把琵琶了？」

《今昔物語集》記載：

> 此玄象猶如生物。凡遇彈者技巧拙劣，即怒形於色，悶聲不響。又，蛛網塵封，久未彈奏，亦怒形於色，悶聲不響。其情緒顯露在外，一望而知。
>
> 某天，宮中失火，雖無人將其取出，玄象卻自行逃脫，現於庭中。怪異之

事，不勝枚舉，人口云云，留傳於世

根據《續教訓抄》，式部卿宮對源博雅懷有「意趣」。

二

所謂「意趣」，亦即「仇隙」。

式部卿宮——也就是與源博雅有血緣關係的敦實親王，不知為何，對博雅私懷怨恨。而到底是甚麼仇恨，《續教訓抄》中沒記載理由。

式部卿宮命「剛勇之徒等數十人」，企圖謀害博雅，可見並非芝麻小事。

某夜，受卿宮之託的刺客，手持長刀到博雅宅子偷襲，不料，當事人博雅竟一無所知。

再怎麼說，既然有人恨自己恨到企圖暗殺的程度，本人應該多少心裡有數，但從博雅那夜的態度忖度，他看似完全不知卿宮對自己的恨意。

企圖謀害博雅的歹徒，於深夜來到博雅宅子，只見博雅還未就寢，甚至將寢殿西面的「格子板門敞開約一間①寬」。

換句話說，門戶打開，博雅正陶醉地眺望掛在西方山頭的殘月。

---

①一間約六尺。

「月色眞美……」

這漢子，當時大概如此自言自語了一句。

一副做夢也不會想到有人企圖謀害自己的模樣。

見博雅如此毫無防備，歹徒先是暗吃一驚。

由博雅此時模樣看來，式部卿宮的仇隙，很可能無關乎官位或情場上的競爭。式部的恨意，大抵與兩人均擅長的音樂有關。或許，在音樂上，博雅無意中曾深深傷過式部卿宮的自尊。

然而，博雅卻完全不知自己曾傷害卿宮——若不如此推測，根本無法說明當晚博雅的態度。

總之——

博雅邊觀賞月色邊取出大篳篥，貼在脣上。

篳篥是竹製管樂器，一種豎笛。

博雅開始吹笛。

清澈的篳篥音色，在夜色中流蕩。

博雅是當代獨一無二的吹笛名手。此刻，這位天下吹笛名手，因深受月亮感動，儘意隨心吹出笛聲了。

當然，不僅吹笛者的心，連聽笛者也會爲之所動。坐在寢殿窄廊吹篳篥

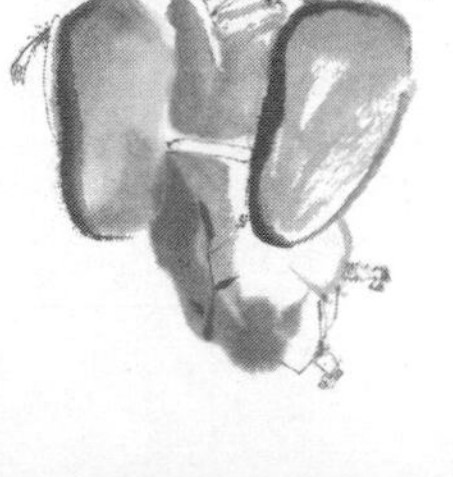

的博雅，熱淚盈眶。

而歹徒們到笛聲，據說竟然也「不覺簌簌淚下」。

這教人如何狠心砍下去？

歹徒回到式部卿宮住處，報告了此事。

「我們沒辦法殺害那位貴人。」

待歹徒說明了博雅的模樣，卿宮也淚如泉湧。

「博雅……」

同樣簌簌淚下，遂打消暗殺念頭

落淚的式部卿宮，就如此打消了暗殺博雅的念頭。

這故事眞是發人深省。

由此可見，卿宮對博雅的仇恨，很可能與兩人都擅長的音樂技藝有關。

這件事大概是眞的吧。

接下來是《古今著聞集》中的典故。

有盜賊潛入三品博雅家

博雅察覺有盜賊潛入，慌忙躲在地板下。

「喔，這屋裡物品不少。」

盜賊搜括一空，揚長而去。

盜賊離去後，博雅從地板下爬出來，發現家中物事悉數遭竊，徒立四壁。

只有櫥櫃留下一枝篳篥。

博雅取下篳篥，貼在脣上，吹奏起來。

> 歸途中盜賊遙聞笛聲，感愧交集，掉回頭來，向博雅云：
> 「方纔聽聞閣下笛聲，深受感動，歹意盡喪。是以前來奉還全數竊物。」

原來盜賊爲博雅的笛聲所動，又折回將所有贓物都還給博雅。

這也是基於博雅笛聲的力量。

又根據《江談抄》，每逢博雅吹笛，連宮中屋脊兩端的獸頭瓦都會掉落。

之前說過，博雅持有一枝名爲「葉二」的橫笛，這笛正是從妖鬼處得來。

> 葉二爲著名橫笛。另號稱朱雀門鬼笛

《江談抄》如此說明，但鬼笛的來龍去脈則記載於《十訓抄》上。

> 某明月之夜——
> 博雅受月光引誘，身著便衣單獨出門。

月色如此美的夜晚，眞想在月光下盡興吹笛——正因爲博雅心血來潮想

吹笛，才會不能自制，只在懷中塞進一枝笛子，迫不及待便走進夜風中。

來到朱雀門前，博雅停住腳步，取出笛子貼在唇上。

清澈笛聲在月光下舒展。

博雅的笛聲和著月光滲入天地間時，瞬間，尙停滯在大氣中的月光音色，突地奔騰出來般，蕩漾在夜氣中，閃耀在天地間。

突然——

不知何處又傳出笛聲。

「奇怪……」

博雅細聽之下，發現吹笛人技藝超群。

看來，有人在樓上吹笛。

其笛聲優美，絕世出塵

到底是誰呢——搜尋之下，博雅望見樓上有個同樣身穿便服的影子。

博雅再度將笛子貼在脣上吹起，樓上那人也和著博雅的笛聲吹起。

博雅的肉體溶於笛聲中，同樓上笛聲合而爲一，猶若身處仙境。

博雅默無一言。

彼亦悶不吭聲。

博雅無言地吹了整夜笛。

如此，每逢明月夜，博雅必與該人相遇，相伴吹笛，共度幾番夜晚

那以後，博雅每逢月夜，就到朱雀門，同樓上人影合吹笛子。

而每當博雅去吹笛，樓上人影也必定會合著博雅的笛聲吹起。

該人笛聲超群脫俗，博雅曾與其互換笛子試吹，果爲希世之珍

彼此換了笛子吹，對方那笛子的音色果然無比美妙。

其後，夜夜相逢，連續數月，回回吹笛，該人卻從未示意換回，笛遂歸博雅所有

結果，兩人始終沒換回笛子，對方的笛子就留在博雅手中。

後來，博雅過世，笛子落入皇上手中，曾命當代吹笛名手試吹此笛，卻無人可吹出同樣音色。

時間再往後推，出現了一位名爲淨藏的吹笛名手。

皇上命淨藏試吹博雅之笛，淨藏竟吹出不亞於博雅的音色。

皇上讚嘆之餘，說：

「據說此笛得自朱雀門附近，淨藏啊，你到朱雀門那兒吹吹看。」

某個明月夜，淨藏到朱雀門吹笛，樓上竟傳來洪亮叫聲：

「哎，這笛依舊那麼出色。」

淨藏向皇上呈報此事，皇上回說：

「原來此笛是鬼笛。」

笛名葉二，爲天下第一笛

此笛笛身有兩片葉子，一是紅葉，一是綠葉，聽說每天都會滴落朝露，才取名爲葉二。

博雅的軼事此外還有。

博雅曾經撰述幾卷如《長竹譜》、《新撰樂書》等與音樂有關的作品。在這些著作的跋文中，博雅如此記述：

編撰《萬秋樂》時，自序開始直至帖六爲止，無不令人落淚。予發誓，世世生生，無論所在何處，將永遠生爲以箏彈奏《萬秋樂》之身。所有調子中唯〈盤涉調〉最爲卓越，樂譜中唯《萬秋樂》最爲出色

想必，這曲子特別能打動人心吧。博雅當然不是說該曲調會令萬人落淚，他只是表達自己的個人情懷而已。

姑且不管他人如何，這段敘述，至少讓人有如聽到博雅親口對晴明說：

「反正我一定會掉淚。」

或許，這漢子每彈奏兩次便有兩次，每彈奏十次便有十次，每彈奏百次便有百次都會落淚吧。

博雅正是這種漢子。

每次想像著有關源博雅這人物時，心中總會浮出「無爲」這詞。

不矯揉造作。

例如，博雅出生時，天上響起美妙樂聲，這事當然不是博雅命上天所致。是上天主動響起樂聲，表示上天也在慶賀博雅出生而已。

屋脊獸頭瓦會掉落，也並非博雅爲了想讓其掉落而故意吹笛。

式部卿宮派歹徒去謀害博雅時，博雅也不是爲了讓歹徒打消企圖而吹笛。盜賊送回偷走的贓物，也不是博雅於事前策畫的結果。

朱雀門妖鬼與博雅交換笛子，更不是博雅的意願。

博雅只是隨心所欲吹起笛子而已。

而他的笛聲，不但能動搖妖鬼的心，也能令天地感應，讓缺乏心靈的獸頭瓦掉落，且能操縱精靈。

在比較安倍晴明與源博雅這兩位人物時，或許這點正是他們之間最大的差異。

天地精靈與妖鬼，能按晴明意願而感應，而行動。但碰上博雅時，天地精靈與妖鬼則按自己的意願行動。

非但如此，博雅本身對自己這種能力，一點自覺都沒有，這正是博雅討人喜歡的地方。

甚至會令人懷疑，存在於所有人內心的嫉妒、怨恨、惡意，這漢子恐怕畢生都無法在自己內心發現。

或許，這男人中心貫穿著一種接近憨直的筆直信念吧。

這點，也可說是源博雅這人物值得讚佩之處。

無論碰上任何悲哀的場合，這稀有人物，大概都會正面坦率地去悲哀一番。

博雅這漢子，實在很可愛。

在男人所具有的魅力中，涵括類似源博雅這種討人喜歡的可愛，應該也不爲過吧？

三

堀川附近，有個法師打扮的老人在行走。

今晚是月夜。

月光令老人的影子清晰地落在地面。

他穿著破爛不堪、髒兮兮的衣物。說是衣物，還不如說是身上披著一件用泥水燉過的破布。

白髮，白髯——

亂蓬蓬的白髮絞纏在頭上，滿臉皺紋中，可見炯炯發光的雙眸。是個眼神凶惡的老人。

他看似並無目的地。只是緩步徐行而已。

突然——

老法師停住腳步。

「奇怪？」

原來聽到笛聲。

老法師仰望上空，笛聲在夜風中飄蕩。

那笛聲，有如上空射下來的月光觸及夜氣，降落地面之前發酵成穩靜、細微、清澈的聲音般。

笛聲似乎自遠處傳來。

「這笛聲相當好……」老法師自言自語。

若是普通的笛手，笛聲傳到此處之前，應該便已混進風中，斷斷續續消失在夜氣中。

可是，此笛聲雖細微，卻未消逝，依舊能清晰傳來。

看樣子，有人在月光下吹笛。

老法師受笛聲引誘般，再度邁開腳步。愈往前走，笛聲也微微增強。

再走一段路，前面就是堀川小路。

笛聲似乎自堀川上游傳來。

走到將近堀川小路時，老法師又停住腳步。

他看到前方有個奇妙物體。

是個女子。

女子身穿白底透綠衣裳，正往前走。

奇妙的是，女子單獨一人，而且，頭上未披任何披衣，露著整張臉走在路上。

除此以外，她身上白底透綠衣裳，應該是身在宮中或宅內時所穿，若她搭乘牛車，還合道理，卻絕非女子於深夜隻身走在這種地方的衣著。

老法師本以爲她遭盜賊襲擊，獨自一人逃到此地，可是，她的樣子卻又不慌不忙。

難道是狂女趁家人不覺之際，偷偷跑出來——如此一想，倒也有幾分道理，不過，還是有點妙。

女子身上發出一層微光。

她身上裹著一層燐光般的朦朧亮光，在月光下，不搖不擺，靜悄悄往前走。那步伐，好像立在水面上，隨波往前移動。

灰白的臉龐，在月光下看來有點發青。

那臉，看似毫無表情，但人只要因想不開而鑽牛角尖時，往往會呈現那神色。

「喔，這……」

老法師似乎突然恍然大悟，喃喃自語。

「這不是生靈嗎？」

老法師揚起左右脣角，露出黃牙。

「有意思。」老法師笑道。

他開始跟蹤那女子。

女子的肉體大概在別處，只是靈魂溜出肉體，四處晃蕩。看來，女子的生靈，也是受笛聲所誘。

隨著腳步往前走，笛聲愈來愈大，在夜氣中孤單地迴盪。

「這種笛聲，平常罕得聽到……」

聽著聽著，別說那女子了，任何人都可能被勾魂。

不久，前面可見堀川橋。

仔細一看，橋畔站著一位身穿便服的吹笛男子。

男子渾身映著月光，全神貫注在吹笛。

四

源博雅唇上貼著葉二，正在吹笛。

此處是堀川橋畔。

相撲大會結束後，他又開始前來了。

每夜站在橋畔吹笛。

前些日子是新月，現在月亮又豐盈起來，將近滿月。

博雅很掛意那名懇求晴明讓海恆世敗北的女子。

結果，海恆世堂堂正正贏了。

可是，獲勝的海恆世，卻因折斷胸骨，變成無法獨力步行之殘軀。

比賽雖勝，但從某方面來說，實爲敗北。風聲應該也傳到那女子耳裡了。對於此事，那女子到底又作何想呢？

博雅很懊悔拒絕了女子的懇求。不過，假設那女子再度提出同樣懇求，博雅大概也還是無法承諾。

眞是美妙的笛聲啊。

女子臨去時說了這句話，至今仍留在博雅耳內。

無論幾次——

博雅內心如此想。

若能再度聽到那聲音，聽到那女子雙唇發出「眞是美妙笛聲」，無論幾次，自己都願意到這橋畔來吹笛。

突然——

博雅看到對面有個發出朦朧銀光的人影。

那人影，不正緩緩朝自己挨近嗎？

是那女子？

博雅撲撲心跳。

女子披著件發出銀光的薄衣，看似全身籠罩在霧中。

猶如發出燐光的黑暗深海魚兒，那女子裹著朦朧亮光，逐漸挨近。

可是，女子爲何不搭牛車，獨自一人徒步而來呢？

不久，女子站在博雅面前。

她裹著淡淡亮光，望著博雅。

這時，博雅才發現女子沒有肉身。

因爲可透過女子臉龐，看到對面柳樹。

不過，確實是那女子沒錯。
十二年前邂逅的那女子，也是今年久違十二載再度相逢的那女子。
然而，女子這模樣，到底怎麼回事？
此刻，博雅腦海浮出個想法。那恐怖想法，化爲一陣冷風，竄過博雅背脊。
將近透明的身體……
——難道是？
女子以無可言喻的眼神，凝視博雅。
雙唇看似拚命忍住某種感情。
「妳不是人世的……？」博雅說。
女子的雙唇，終於動了——
「博雅大人……」聲音極爲微弱。
「妳這模樣，到底怎麼回事？」博雅問。
可是，女子沒回應。
她以哀求的眼神注視博雅。
「博雅大人……」
聲音微弱得像是自縫隙吹進來的風。

「救救我……」

女子以眺望遙遠彼方的眼神，望著博雅。

「發生了甚麼事？我該如何救妳？我該怎麼做才好？」

「我也不知道該求您如何做才好，我不知道該如何……」

女子說畢，吐出微弱呼氣般，紅脣洩出帶點青色的綠焰。

「求求您，救救我，這樣下去，這樣下去……」

每次開口，女子雙脣便會噴出火焰。

「這樣下去會怎樣呢？我該如何救妳呢？」

對於博雅的詢問，女子只是報以悲哀神色。

「請救救我，博雅大人……」

以絕望聲音說出這句話後，女子的身姿，像是溶於大氣中，飄然在博雅眼前消失了。

蒼白月光煌煌照著方纔女子所站之處，現在卻無人跡。

卷四 丑時參拜

一

日復一日病相思
日復一日病相思
小女參拜貴船宮

女子單獨一人走著。

走在夜晚的山徑。

身著白衣。

打著赤腳。

山徑左右是茂密森林，連月光都射不進來。偶爾有一、二絲蒼白月光映照，但寥寥幾絲月光反倒令黑夜更加濃密。

蓮香樹①、七葉樹②，杉及檜等古木，枝節盤錯。

山徑四處可見岩石與樹根。

女子白皙得令人心疼的赤足，踏在岩石與樹根上。

有些岩石長著蘚苔，有些樹根濕潤滑膩。

女子時而跌倒，時而踏在尖銳石上，令腳板及指甲滲出鮮血。

---

①原文為「桂」（かつら，katsura），別名「香木」，學名*Cercidiphyllum japonicum*。夏天至秋天採集其樹葉，乾燥後磨粉，可以製香粉。秋天時，葉子會枯黃。

②原文為「櫪」（とち，tochi），是「櫪ノ木」（tochinoki）簡稱，學名*Aesculus turbinata*。

她彷彿爲了某事而冥思苦想，面容正對漆黑前方。女子眸中，似乎棲息著比她所凝視的黑暗更爲深濃的黝黯。

在這種深夜，走在這種森林中，女子卻好像絲毫不覺得恐怖。

蓬亂長髮貼在微微發汗的雙頰。

令人毛骨悚然的是，女子口中含著一根五寸鐵釘。

嘴脣——並非用嘴脣含著。是用牙齒咬住那五寸鐵釘。

每當她跨出腳步，白皙小腿會從衣物下擺露出，有時更露出大腿。衣袖內可見上膊。

膚色白皙猶如從未曬過陽光，不像凡間人。

女子左手握著木偶，右手握著鐵鎚。

她在漆黑森林中，像個幽魂往前走。

果然人心隔肚皮

一失足成千古恨

只恨自己瞎了眼

女子在山徑上朝貴船神社走去。

貴船神社位於京城西北方山中。

祭祀高龗神、闇龗神。

二者皆爲水神。

「龗」，即龍神；高龗神的「高」是山嶺，闇龗神的「闇」爲山谷。

據說，往昔伊奘諾命③以十拳劍斬下迦具土神的頭顱時，自劍首滴下的鮮血從指間漏出，誕生了此二神。

根據社傳記載，除此二神外，還祭祀罔象女神④、國常立神⑤、玉依姬⑥，或天神七代地神五代之眾神，當然還有地主神等等。

向二神祈雨，上天就會下雨；也可以祈求止雨。

該神社的社記上記載：

「爲保國家安定、守護萬民，太古『丑年丑月丑日丑時』，二神下凡至貴船山半山腰鏡岩。」

女子正前往此貴船神社。

蒼鬱雜草自左右蔓生過來，罩住山徑，地面覆蓋羊齒。

這是漆黑山谷中的羊腸小徑。

大氣中飽含沉重濕氣，正與通往祭祀水神神社的小徑相稱。

女子身上的白衣，也飽含水氣而沉重。

---

③或作伊奘諾尊（いざなぎのみこと，izanaginomikoto，伊邪那岐命），與女神伊奘冉尊（いざなみのみこと，izanaminomikoto，伊邪那美命）是夫妻，也是日本神話中的國土創造神。

④掌管水的女神。

⑤日本開國神武天皇之母，後尊為水神之一。

⑥日本神話中，天地萬物創造之際，出現土地時的地上之神。

她往前走著，偶爾蒼白月光落在她肩上或髮上，看上去像是鬼火。

有苦難言無處訴
八千里路貴船宮
但求在有生之年
誅負心人食後果
快呀快呀快走呀
心如貴船川流水

「啊呀眞可惡……」
「啊呀眞可恨……」
女子邊走邊喃喃自語。

飄零身世心已死
風燭草露若吾身
市原野地草叢深
鞍馬川月黑風高

穿越橋面是彼岸
終於抵達貴船宮
終於抵達貴船宮

來到神社入口，女子停住腳步。

因爲眼前站著一名男人。

女子將手中木偶藏到衣袖內，並將含在口中的鐵釘，吐到左手中。右手依舊握著鐵鎚，停住腳步，望著男人。

男人身穿白袍。看似貴船宮神官。

「對不起……」男人開口。

「甚麼事……」女子細聲回問。

「我昨晚夢到個怪夢。」

「夢？」

「是。」

男人點頭，挨近女子一、二步，停下來說：

「夢中出現兩條大龍神。龍神說，明晚丑時，會有個如此如此裝束的女子，自京城上山來，要我轉告女子說……」

「說甚麼？」

「神將應允汝的願望。」

「喔……」女子揚起紅色脣角。

「身穿紅衣，臉塗丹粉，髮戴鐵環，三腳點火，怒氣攻心，如此，即能成爲鬼神……」

「啊呀眞可喜……」

男人還未語畢，女子益發揚高脣角，在夜氣中露出白齒。

女子得意地微笑。瞬間變成駭人的臉龐。

語聲未畢容先變
語聲未畢容先變
本是有女顏如玉
搖身一變夜叉婦
綠髮倒豎半空中
天上湧現黑雲朵
暴風疾雨雷聲響
鴛侶竟破鏡分釵

新仇舊恨化厲鬼
讓他知曉離恨天
讓他知曉離恨天

呵。
呵。
呵。

女子左右甩著烏黑長髮，揚聲大笑。
她雙眸炯炯發光，蓬鬆黑髮倒豎而立，看似已化爲女鬼。
男人魂飛魄散，發出「哎呀」一聲時，女子已發狂般手舞足蹈，在深夜山徑朝京城方向奔馳。

二

不知不覺中，夏天似乎已溜走了。
秋蟲在草叢中鳴叫。
夏草已完全埋在秋草中，看似消失得無影無蹤。

胡枝子⑦在柔風下搖曳，一旁開著敗醬草⑧和桔梗。
屋簷上的天空很高。
藍天下，白雲在風中飄動。
午後——
晴明與博雅坐在窄廊喝酒。
是胡國酒。
用葡萄製成的紅酒，盛在琉璃杯中，看上去很美。
博雅舉著酒杯，偶爾邊含口酒邊嘆氣。
我有話對你說——
博雅到晴明宅邸來，如此向晴明說，但坐在窄廊開始喝酒後，卻隻字不提，一逕望著秋天庭院嘆氣。
晴明支著單膝，背倚柱子，不作聲地望著博雅。
「晴明啊。」博雅說。
「甚麼事？博雅。」
晴明只動了視線和雙脣。
「這世上的一切，爲甚麼都會往前推移呢？」
博雅嘆了一口氣，同時喃喃自語。

---

⑦日文為「萩（はぎ，hagi）」，學名*Lespedeza bicolor Turcz.*，豆科胡枝子屬植物，多年生落葉亞灌木。秋天七草之一。

⑧日文為「女郎花（おみなえし，ominaeshi）」，學名*Patrinia scabiosaefolia*，多年生草本植物，秋天七草之一，中藥上多用於清熱解毒。

「甚麼意思？」
「你看，這庭院……」
「……」
「前些日子，同你一起觀賞的那些花草，現在不是都沒有了？」
「唔。」
紫色的鴨拓草。
紅色的繡線菊。
這些花現在都不見了，也不見螢火蟲。
偶爾可聽見伯勞在高空發出尖銳叫聲，飛往遠方。
大氣中已充滿秋天凜凜氣息，毫無殘夏的痕跡。
「人心也會這般往前推移嗎？」
「會吧。」晴明輕輕點頭。
「晴明啊，有沒有可以得知人心的方法？」
「人心嗎？」
晴明嘴角浮出看似微笑又似苦笑的柔和笑容。
「博雅，你這問題等於在問水的形狀。」
「水的形狀？」

「盛在圓形容器中的水，是圓形的水；盛在方形容器中的水，是方形的水。若自天而下，便是雨水，聚集一起流動，就形成河水。但是，無論水在何處形成甚麼形狀，本質依舊不變。」

「……」

「水會因時因地而改變形狀。水，沒有一定形狀。博雅，你是問我，有沒有方法可以為水命名嗎？」

「不，晴明啊，我不是在問關於水的問題。我是在問關於人心……」

「博雅，若你是問那位宗姬的心，我可無法為其命名了。」

博雅已告訴晴明，在堀川橋畔遇見那位宗姬生靈的事。

那以後，已過了約兩個月。

女子消失那晚以來，博雅又連續幾夜到堀川橋畔，但都沒再遇見那女子生靈了。

「她到底發生了甚麼事呢？晴明啊……」

博雅耳裡還留著那女子呼喚自己名字，看似走投無路的求救聲。

請您救救我，博雅大人。

「每想起當時情景，我就會很難受。」博雅向晴明說：「而我竟沒法幫助她，實在很遺憾。」

博雅舉起琉璃酒杯，打算送到脣邊，卻又改變主意，擱在窄廊。

「博雅，你說有話要告訴我，正是這事？」

「話？」

「你不是說有話要告訴我？」

「對，晴明啊，我有話要告訴你。不過，不是那位宗姬的事，是別的事。」

「別的事？」

「嗯。」

「甚麼事？」

「其實是藤原濟時大人的事。」

「相撲大會時，擔任海恆世大人那方大將的濟時大人？」

「聽說濟時大人最近身體很不舒服。」

「不舒服？」

「嗯。請藥師來配藥，完全不見轉好。濟時大人認爲，或許有人怨恨他，暗中下了詛咒。」

「唔。」晴明深感興趣地挪前一步。「怎麼不舒服？」

「每逢夜晚，他的頭胸都會疼痛。聽說彷若有鐵釘釘入般那種疼痛，有

時還會痛及手腕和腳……」
「是嗎？」
「而且食慾不振，憔悴得很。整天臥病在床。」
「大約多久了？」
「多久？」
「我是說，哪時開始的？」
「聽說是這四、五十天以來的事。」
「唔。」
「最近這十天特別痛。」
「你說是夜晚，每次都在同一時刻發作嗎？」
「好像都在丑時左右開始發作。不過，最近不限於丑時，整天持續，尤其夜晚，特別疼痛。」
「哦。」
「濟時大人找我商量。他知道我跟你交情很好，請你務必私下幫他看看。」
「濟時大人心裡有數嗎？」
「有數？」

「我是說，他有沒有做過遭人怨恨的事？」

「這點我也問過了，但他說完全不記得有過這種事。」

「原來如此。既然當事人說沒有，那就暫且當作沒有吧。」

「等等，晴明。你這樣說，等於擺明濟時大人做過遭人怨恨的事。」

「我沒說那麼白。現在還不到時候……」

「還不到時候？你果然認爲……」

「別急，博雅。我說甚麼都不重要，你先說你的。」

「啊，對了，這事還沒說完。」

「接下來呢？」

「其實不只濟時大人身體不適。」

「還有別人？」

「濟時大人有個暗地往來的意中人。那位意中人好像也身體不適。」博雅說。

「哪裡的宗姫？」晴明問。

「我也問過濟時大人，但他沒說出對方的名字。」

「那位宗姫怎麼個不適？」

「跟濟時大人同一時期開始作怪起來。」

「怎麼個怪法？」

「頭痛和胸痛雖與濟時大人一樣，可是也有不一樣的部位。」

「哪部位？」

晴明如此一問，博雅好像想起某件恐怖之事，低聲說：

「是臉。」

「臉？」

「聽說和頭痛、胸痛同時發作，那位宗姬的臉，長了個瘤子。」

「唔。」

「起初只有米粒般大小，就在臉部這兒……」博雅用右食指指著自己右頰，「……聽說最初只有一個，小小紅紅的，卻非常癢。」

博雅開始述說。

因爲很癢，就用指甲搔抓，結果那紅斑點開始腫脹起來。

不僅如此，指甲所碰過的臉頰，都長出瘤子。用指甲搔癢，數量就愈來愈多，因爲同樣很癢，當事人就情不自禁再用指甲搔癢。導致瘤子密布整張臉龐。

用指甲抓來抓去之際，不但抓破皮膚，也化膿了。

「結果，整張臉有半部都發紫潰爛了。」博雅壓低聲音道。

「唔。」

「濟時大人說，那位宗姬大概同他一樣，受到某人詛咒了……」

「所以找我去？」

「嗯，正是如此，晴明。」

「這應該跟詛咒有關。」

「果然是詛咒？」

「既然是你來託我，我總不能坐視不管。」

「你肯去看看？」

「嗯。」晴明點頭，望向博雅。「博雅，你順便幫我一件事。」

「甚麼事？」

「能不能遣個伶俐人到貴船宮一趟？」

「貴船？」

「唔。」

「爲甚麼？」

「日後再說理由。」

「爲甚麼日後？」

「目前這只是我的看法而已。如果我猜中了，到時候再告訴你理由。」

「要是猜錯了？」
「不說爲妙。」
「喂，喂，你別賣關子，現在就告訴我嘛。」
「你放心，事情應該如我猜測那般。」
「啐！」博雅不高興地出聲。
「這樣比較可貴。」
「可不可貴都無所謂，你現在就告訴我不是很好？」
「博雅，這是爲我好。萬一猜錯了，不是很不像話？」
既然晴明如此說，博雅也只能讓步。
「人是有，但遣人去幹嘛？」
「找個神官，問他最近這個月來，有沒有發生甚麼事。」
「光問這點就行了？」
「嗯。」晴明點頭，又說：「等等，直接問的話，事情會外洩，見神官之前，先到神社森林找樣東西。」
「找東西？」
「嗯。」
「找甚麼東西？」

「差不多如此大……」晴明用雙手比劃不足一尺長的大小，「木頭製的木偶，或稻草製的人偶。也許是動物屍骸……」

「喔。」博雅興致勃勃。

「要找那東西，最好挑高大古木附近。」

「萬一找不到呢？」

「找不到時，就如我方纔說過的，不露痕跡地問一下神官。」

「找到了呢？」

「能不能直接到我這兒來，向我報告？」

「明白了。」

博雅點頭時，庭院秋草中突然出現人影。

博雅望向那人影，原來是個身穿黑水干的白髮矮胖老人。

老人駝背，身材益發顯得矮。

「喂，喂，晴明……」

「別擔心，那是我的式神。」晴明道。

「蟬丸法師大人在外求見。」老人慢條斯理地說。

「原來是蟬丸大人……」晴明說。

「他聽說源博雅大人在此，特地過來的。他想求見源博雅大人……」老

人答。

「我？」博雅探身問。

「他說，他到博雅大人宅子，家人告訴他，博雅大人出門到土御門了，所以特地繞到安倍晴明宅邸來……」

「呑天，你去請他過來……」晴明吩咐。

「是。」老人伸長脖子頷首示意。

名爲呑天的式神，撥開胡枝子及桔梗，消失於另一端。

「我第一次見到這式神。」博雅說。

「呑天嗎？」

「他叫呑天？」

「嗯。不過，你不是第一次見到他。應該是第二次。」

「不，我至今從未見過他。」

「沒那回事。」

「怎麼可能？」

「眞的。別小看他那模樣，他很會待人接物。我意外得了個寶物。」

「是嗎？」博雅點頭，又喃喃自語：「可是，蟬丸大人到底爲何特地來這兒找我？」

「你問本人吧，博雅……」

晴明剛說畢，呑天和蟬丸即出現在窄廊對面角落。

蟬丸揹著琵琶，右手倒握杖子，讓呑天牽著他的手走過來。左手摟個不知裹著何物的布包。

看上去似乎也是琵琶。

「久違了，博雅大人，晴明大人……」

蟬丸坐在窄廊，彬彬有禮地頷首。

「蟬丸大人，您看起來很有精神……」

晴明與博雅交互跟蟬丸打招呼時，呑天自窄廊下去，消失在庭院深處樹叢中。

蟬丸傾耳靜聽遠去的足音，說：

「晴明大人，剛剛那位不是人吧？」

「沒錯。那是我操縱的式神。」

「果然……」

「那是前些日子廣澤寬朝僧正大人送過來的烏龜。」晴明說。

「原來是那時的烏龜……」博雅總算恍然大悟地點頭。

「老僧突然來訪，會不會給你們添麻煩？」蟬丸過意不去地問。

「沒關係，蟬丸大人的話，隨時歡迎。」晴明回應。
「您找我有事嗎？」博雅問。
「是。老僧想讓您看樣東西，造訪貴府，府邸的人說您出門了。又說，很可能到此處，所以老僧又轉到安倍晴明大人宅邸來。」
「要我看甚麼？」博雅問。
「請看這個。」
蟬丸將手腕摟著的布包，擱在窄廊。博雅伸手取過來。
「看來好像是琵琶。」
不用解開，光看形狀，就知道是琵琶。
「請你解開看看。」
蟬丸一催促，博雅解開包袱，果然從中露出琵琶。
「喔！」
博雅發出驚嘆，抱起琵琶。
他嘆了一口氣說：「太美了……」
背為紫檀，面板是桐木。
而且，面板上嵌著美侖美奐的鳳凰與仙女螺鈿花紋。
大概出自手藝相當高的名人之手，那鳳凰栩栩如生，像是要從面板飛出來。

可是——

有一點非常可惜，面板與背部有道很長的裂縫。裂縫延伸至鳳凰展開的翅膀。

「這是……」博雅看到裂縫，表情黯淡。

「是的，面板和背部有道長裂縫。這琵琶送到我手中時，不但有那道裂縫，而且整個裂開了。」

「甚麼？」博雅大叫。

「老僧託人修理了裂開部位，因爲修好了，老僧想讓博雅大人看看，才拜訪了貴府……」

「蟬丸大人，對不起，能不能請您從頭仔細說來？」博雅說。

「老僧說得太急了，眞是對不住。老僧就從頭依序說起吧。」

蟬丸微微向晴明與博雅頷首，開始述說。

「那大概是五十或六十天前，有名女子，到逢坂山老僧的草堂來……」

「唔，唔。」博雅邊觀看手中琵琶邊點頭。

「老僧聽見草堂外有人呼喚我的名字。出去一看，外面站著一位抱著琵琶的女子。」

雖是盲人，聽聲音也能分辨對方性別，但蟬丸是同那女子交談了一陣子，才知道那女子抱著琵琶站在外面。

「請問您是蟬丸法師大人嗎？」

蟬丸出去後，聽到女子聲音如此問。

「老僧正是蟬丸，妳是……？」

「我有難言之隱，無法奉告名字，因想拜託您一件事，所以冒昧前來造訪。」

「甚麼事？」

「我帶來一把琵琶……」

女子似乎跨前幾步。

「就是這件……」

那女子將某沉重物品遞到蟬丸手中。用手觸摸，果然是琵琶，但那琵琶面板卻裂開一道很大的裂縫。

「這琵琶壞了。」

背部也有裂縫。

若非自高處掉落或撞擊岩石或石頭之類的堅硬物體，絕不可能造成如此大的裂縫。

「為甚麼會裂開？」

蟬丸問女子，女子卻沒答覆。

「我想託您祭奠這把琵琶。」

「祭奠？」

「是。這是雙親遺物，聽說蟬丸法師大人是琵琶名丁，若能讓您祭奠這把琵琶，那是最好不過了，所以才來懇求您相助。」

「為何要祭奠？」

「雖說已壞了，但這是雙親於生前始終沒離身的琵琶，我不忍丟棄，才想請您幫我祭奠。」女子說。

蟬丸將那琵琶抱在懷中，抱起來的感覺非常舒適。和身體很協調，若非壞了，蟬丸大概會立即彈起來。

是名品。

縱使無法目睹，光用手指觸摸背部及面板，蟬丸也能知道琵琶使用了甚麼材料。背部是紫檀，面板是桐木。而且，面板表面有螺鈿花紋。

「這是鳳凰。」

蟬丸愛撫般用指尖觸摸螺鈿花紋後，如此說。

他又以指尖咚地一聲敲了面板。

再將琵琶貼臉，湊近耳朵，傾耳細聽那聲音。

「太可惜了……」

蟬丸雙眼簌簌落淚。

「多麼罕見的一把琵琶逸品啊……」

蟬丸連淚都不抹，接道：

「要是沒壞掉，應該可以彈出媲美玄象的音色。啊呀，太可惜了。真是太可惜了……」

蟬丸遺憾得左右搖頭。

「既然擁有如此罕見的逸品，應該有其來歷吧？」

「對不起，因有苦衷，我無法告知琵琶來歷。聽說逸品琵琶，宿有靈魂。請您幫我祭奠這把琵琶……」

可是，祭奠歸祭奠，不知有沒有辦法修好。

若能修好，眞想託人修理看看。

蟬丸又同女子交談了一陣子。

「這琵琶是我擅自帶來委託您的。既然交給蟬丸大人了，請您隨意處置吧。」女子又如此說。

不久，女子好像向蟬丸行了個禮。

「萬事都拜託您了。」

繼而傳來衣物摩擦聲，女子似乎背轉過身。

「啊，請問……」

蟬丸喚住女子，女子足音卻文靜地漸去漸遠。

「請問……」

蟬丸緊接著再度喚住女子，女子的動靜逐漸遠去，衣物摩擦聲消失了，最後連足音也消失了。

「原來如此，原來發生過這種事……」聽畢蟬丸的話，博雅開口。

「是……」蟬丸深深點頭，「本來打算燒掉，將灰埋在土中，再行祭奠。不過，老僧總覺得太可惜了，遂找一位熟識的佛像雕刻師商量，他要老僧把琵琶留在他那兒，老僧就把琵琶交給他。」

「唔，唔。」

「三天前，那位雕刻師遣人來通告，要老僧去取回琵琶。」

去了一查，琵琶的裂縫已修好，恢復原狀。

外形雖然復原，但不知音色是否也恢復——雕刻師如此說，把琵琶還給蟬丸。

「這就是那琵琶？」博雅把玩著琵琶問。

「是的。」蟬丸點頭。

「您試彈過了？」

「還沒有。這麼好的一把琵琶，老僧很想讓博雅大人也在場聽聽，才特地前來。」

「喔，務必讓我聽聽。」博雅說。

「我也想聽。」晴明接道。

「晴明大人也願意聽的話，那眞是求之不得。我就專心彈一首吧。」

蟬丸取下背上琵琶，從博雅手中接過那把琵琶，抱在懷中。又自懷裡掏出撥子，問兩人：

「彈甚麼好呢？」

「這琵琶看似同玄象一樣，也是來自大唐……」晴明說。

「是，老僧也這樣認爲。」

「喔，那剛好。湊巧我們現在喝的是經大唐渡海而來的胡國葡萄酒。既然要彈奏來自大唐的琵琶，就彈一首大唐曲子如何？」博雅說。

「這主意不錯。」蟬丸歪頭思考了一下，拿正撥子，低聲說：「那就彈〈流泉〉……」

他抓住絃軸，調整了琵琶絃，把撥子貼在絃上。

琴聲響起。

「喔……」

博雅宛如被撥子撥弄了心，情不自禁叫出聲。

一根琴絃激烈震動起來，在這世上留下某音色，然後消失。

音色雖消失於大氣，卻在聽者心中留下永存的共鳴。

「太美了……」

博雅閉上眼，感覺像在升天，仿佛自己的肉體跟絃一起震動。

撥子接二連三撥弄琴絃，逐次定絃。

調音完畢，蟬丸開始彈起琵琶。

「那就……」

流泉——

是藤原貞敏於承和五年（八三八）渡唐時，自大唐帶回來的琵琶三祕曲之一。之後傳給式部卿宮，再傳給蟬丸，如今博雅也成爲這首曲子的彈奏者。

不過，蟬丸彈的曲子與他人彈的〈流泉〉，別具一格。

那是沒人能模仿的境界。

博雅雖也非一般彈奏者，但他的音質與蟬丸不同。這並非表示博雅的琴

技不及蟬丸。

而是盲目的蟬丸，對音色的執著異乎常人。

流泉——曲調雖簡樸，卻多以撥子強弱緩急表達音色，因此彈奏者的琴技會直接顯現在演奏上。

蟬丸的〈流泉〉，每撥弄一次撥子，發出來的音色似乎可以就那樣幻化爲光潤顏色。嫋嫋的琵琶聲，在秋野上輕拭而過。

晴明宅邸中，似乎湧出滾滾泉水，流向四周。

博雅雙眸溢出眼淚。

最後一撥時，琴弦發出的音色成爲震動的亮光，那亮光遲遲不消失，始終停留在大氣中。曲子結束後，戀戀難捨般，有一陣子都沒人出聲。

過一會兒，博雅總算開口。

「太美了，美得無話可說。」

「感謝您讓我們聽了如此美妙的琴聲……」

晴明也仿佛還在回味飄蕩於四周的餘音，陶醉地說。

「獻醜了。」

蟬丸似乎因這首曲子而勞傷了整個靈魂，全身無力地頷首致意。

「至今爲止，我雖幾度聽過〈流泉〉，但這麼美妙的〈流泉〉，今天是第一次。」

博雅掩不住興奮。臉色微微發紅。接著又說：

「隱蔽在這曲子中的所有音色，今天似乎都一清二楚地顯現出來了。」

「這是琵琶的力量。這把琵琶的音色太美妙了。發出第一個音色時，第二個音色已定位。這把琵琶會主動要求第二個音色。老僧只是順著琵琶的要求依次彈出音色而已。方纔是琵琶讓老僧彈出〈流泉〉的。」

「話雖這麼說，畢竟彈奏者是蟬丸大人，才能彈出如此美妙的音色。」

「若讓博雅大人來彈，應該也會有同樣結果。」

「不，若讓我來彈，會情不自禁彈得過於優美。」

「彈得優美不是很好嗎？」

「唯有這首〈流泉〉不是這樣。〈流泉〉正是爲蟬丸大人而存在的曲子。只有蟬丸大人才能彈出隱藏在這曲子中的深沉悲哀。白翁在潯陽江船上所聽的琵琶曲，或許正是如此。」

博雅說的白翁，是唐朝詩人白樂天。

而他在此所舉的例子，正是白樂天所作的〈琵琶行〉。

唐元和十年（八一五）——

白樂天左遷九江郡司馬，過著鬱鬱不樂的日子。某天在潯陽江頭送別友

人，無意傾耳靜聽，聽到船上傳出琵琶琴聲。

那曲調極爲美麗且悲哀，白樂天情不自禁划船接近，原來彈琵琶的是一位老婦人。那老婦人說：

本是京城女

原本是京城女子，十三歲開始學琵琶。

曲罷曾教善才伏　妝成每被秋娘妒

五陵年少爭纏頭　一曲紅綃不知數

不但琵琶琴技令師傅心折，每次化完妝後的姿容，更招惹其他名妓嫉妒。

五陵的眾年輕貴公子，時常爭相給賞賜，每彈一曲，總會得到無數紅綃。

暮去朝來顏色故

門前冷落車馬稀　老大嫁作商人婦

然而，歲月流逝容色衰，貴公子的車馬不再來訪，自己也年老了，嫁作商人婦，來到此地。

以上的女子敘述，白樂天寫在〈琵琶行〉中。

而且，經白樂天懇求，老婦人彈起琵琶——

幽咽泉流冰下難⑨

冰泉冷澀絃凝絕　凝絕不通聲漸歇

別有幽愁暗恨生　此時無聲勝有聲

那琴聲，有如低泣的泉水，因失去方向而在冰下徘徊。

盤踞冰下的泉水凜凜冽冽，琴絃也凍僵般，停止震動。

此時，琵琶聲暫停。

片刻的沉默，宛如凝聚了深刻悲哀與恨意，此時的沉默，比琵琶聲響時更令人痛入心脾。

白樂天在詩中如此描述那女子的琵琶聲。

⑨通行本作「幽咽泉流水下灘」，日本多採《白香山詩集》中的「冰下難」版本。

博雅正是將蟬丸所彈的〈流泉〉，比喻成當時白樂天耳聞的水上琵琶聲。

「不，這不能歸功於老僧的琴技，全是這把琵琶太出色了。」

蟬丸的口吻始終很客氣。

「雖然很想再聽一首，但又恐怕琴聲再度響起時，會抹煞這首曲子的餘韻，那就太可惜了。」博雅說。

「話雖如此，這琵琶音色的確很出眾。不知毀掉之前到底又是何種音色……」晴明低語。

「是。沒想到世上竟有如此琵琶絕品……」蟬丸點頭。

「雖說壞了，但物主毅然捨棄這麼出色的琵琶，可見一定有相當不得已的苦衷吧。」博雅嘆息。

「這把琵琶就委託博雅大人保管了。」蟬丸把琵琶擱在博雅膝上。

「我？」

「對琵琶來說，老僧認爲這是最妥當的處置……」

「這不是某位女子拿來請您奠祭的嗎？」

「放在老僧那兒，不如讓博雅大人保管，才是對這琵琶的奠祭。」

「可是……」

「這其中有理由。」

「理由？」

「剛剛老僧說了不少有關這琵琶的來歷，其實還有一件事沒說。」

「甚麼事？」

「老僧與送這把琵琶來的女子，在討論該如何修理琵琶時……」

蟬丸描述起當時情景。

「若這把琵琶能修好，那時該如何處理？」蟬丸問那女子。

「能修好？」

「妳會再度來領取琵琶嗎？」

女子聽蟬丸如此說，下了某種決心般微微搖頭。

「若能修好這把琵琶，那時……」

「那時該怎麼辦？」

「請委託源博雅大人保管。」

「源博雅大人？」

「是。」

「該以何種理由委託博雅大人呢？」

女子沉默半晌。接著說：

「能不能請您向他說，是堀川橋女子送的？」

「老僧會如實轉告，這樣就夠了？」蟬丸問。

「是，這樣就夠了。」女子細聲點頭。

蟬丸想再度開口時，女子先啓齒：

「萬事都拜託您了。」

接著如蟬丸方纔所說那般離去了。

「老僧委託博雅大人保管這把琵琶，正是基於上述緣由。」蟬丸將盲目雙眼移向博雅。

然而，博雅默不作聲。他茫然若失，抱著琵琶坐在原地。

「原來是她……」博雅喃喃自語。「那位宗姬送這把琵琶……」

十二年前——

原來當時在堀川橋畔聽到的琴聲，是這把琵琶。

「這……」

博雅仿佛忘了晴明與蟬丸的存在，凝視遠方。

卷五

三腳錢環

一

「呀，太驚訝了，晴明。」

源博雅的聲音掩不住興奮。

跟昨日一樣，安倍晴明坐在面向庭院的窄廊，與博雅相對。

日子過了一天。

雖僅過了一天，秋色還是不多不少地增濃了一天份。

正如紫龍膽的顏色也加深了一天份那般，青空看似比昨日增高了一天份，益發透明了。

博雅仿佛全然忘了昨日之事，隻字不提琵琶。

他似乎下定決心，打算現下先一心一意解決藤原濟時所中的咒。

「你果然說中了。」

博雅的聲音似乎有點興致勃勃。

「說中甚麼？」

晴明以如常的口吻反問。

「就是貴船神社的事啊。」

「貴船？」

「昨天你不是叫我遣人到貴船神社打聽嗎？」

「喔……」

「今早我馬上遣人過去了。」

「原來是那件事？」

「去的人叫藤原實忠，這男子很細心，剛好適合這項任務。他在貴船打聽出一件奇事。」

「是嗎？」晴明好像很感興趣，揚聲道。

實忠聽從博雅吩咐，到貴船神社與一位名爲清介的神官私下會面。清介起初沉默寡言，經實忠訊問，才斷斷續續講述自己的經歷。

「有件事令人心裡發毛。」清介向實忠說。

「甚麼事？」實忠反問。

「是個女子。」清介答道。

「女子？」

「有個詭異女子，每夜每夜都來神社。」

「哦。」

「那女子每夜手持偶人和鎚子，來神社做些怪事後才離去。」

「怪事？」

「她將那偶人貼在神社周遭的高大杉樹，之後，不管偶人臉部或身體，都用五寸釘亂釘一番。」

「自何時開始？」

「待我察覺後，大約一個月有餘了，我想，應該更早就開始了。」

有個白衣女子，於深夜參拜貴船神社，再步入神社附近的杉樹林，用五寸釘在古杉樹幹上釘偶人。

最初察覺那女子的，正是清介本人。

某夜，他深夜醒來如廁，結果見到步入樹林的女子身影。

清介暗忖，到底怎麼回事？

女子在深夜時分，有可能單獨一人來這種地方嗎？

那是連白天也昏昏暗暗，充滿幽幻氣息的場所。

是人？

是鬼？

若是人間女子，清介很想知道她爲何於深夜到這種恐怖場所來，但清介沒跟蹤女子。萬一對方是女鬼，或非人世物體，恐怕有性命之憂。

某天，清介向同在神社任神官的眾夥伴提起女子。

「啊，我也看過那女子。」

「我也看過。」

「那女子的話，我也知道。」

數人異口同聲如此說。

總結大家的敘述，那女子似乎每逢丑時就會出現。

「對了，我看過很可怕的東西。」

「甚麼東西？」

「是偶人。」

「偶人？」

「有人將稻草做成的偶人，或木偶，釘在杉樹幹上。」

「在哪裡？」

因此時是白晝，數人搭伴來到現場，那是連神官都罕得步入的樹林深處。

那兒有株高大古杉，樹幹上釘了無數稻草及木製偶人。

「眞是令人毛骨悚然。」

清介似乎想起當時情景，全身微微發抖地向實忠說。

據說，也有人在深夜聽到類似女人的聲音。

那人說，曾聽到潸然淚下的女人哭聲，傳自漆黑如墨的深夜樹林。

「我憎呀，我恨呀……」

是女人在暗夜中嘟囔抱怨的駭人聲音。

間歇也會傳來低微的失聲痛哭，其後又傳來瘋女唱歌般的細微聲音，似乎在哭訴某事。

我恨呀
回想同衾共枕時
指天誓日不相負
八千山茶千歲松
海枯石爛情永駐
為何喜新亦厭舊
此情此恨何時已
我恨呀

「我心甘情願愛戀夫君，沒人命我如此……」女子淌眼抹淚如此喃喃自語。「縱使夫君移情別戀，也不表示我的心會跟著戀新忘舊呀……」

接著，間歇又傳來鐵鎚擊打釘子頭的「咯噹」、「咭噹」響聲。

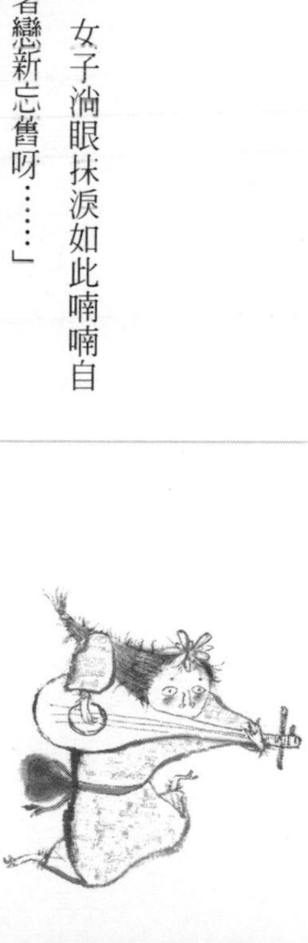

「我依舊戀慕夫君。情不自禁思念夫君。愈思念愈痛苦。愈思念愈難受……」

咯噹。

咭噹。

聲音再度響起。

把你的命給我吧

把你的命給我吧

咯噹……

咭噹……

咯噹……

「高龗神呀，闇龗神呀，請讓我成爲鬼女，縮短負心人壽命……」

那聲音足以令人毛髮森豎，全身寒毛直立。

總之，眾人得知那女子因憎恨移情別戀的男人，深夜到神社下咒。

而且是每夜。

對眾神官來說，實在難以忍受。

令人作嘔。

萬一傳出貴船神社的神祇援助詛咒的謠言，可就不好處理。

但若直接向對方說「雖不知妳在做甚麼，能不能別再這麼做」，硬是阻止女子下咒，恐怕反而會招引對方仇恨。

於是眾神官想出一條計策，決定向女子說謊。

女子啊，汝願已成

給那女子如此答案的話，或許那女子今後將不再前來。

「好主意。」

大多數人都贊同了。

只要某人假托女子所許願的神祇，告知女子上述之意，女子應能信服。

可是，誰來擔此任務？

「我可不幹。」

「你去。」

眾人躊躕不前，彼此互讓，沒人肯自願負起此責。

「最初提起那女子的人是誰？」

「喔，讓那人去好了。」

「是啊。」

「是啊。」

「既然如此，那不就是清介嗎？」

「對呀，是清介。」

「是清介第一個提起那女子的事。」

結果，清介不得不負責。

二

「據說，清介是兩天前夜晚告知那女子。」博雅向晴明說。

「他怎麼說？」

「他向女子說，兩條大龍神出現自己夢中，要他告知女子『汝願已成』……」

「唔。」

「又說，必須身穿裁截紅衣，臉塗丹粉，頭上戴三腳鐵環，三支腳上插上燭火，怒氣攻心，這樣就可成爲鬼神……」

「他說得也太毒辣了。」

「毒辣？」

「嗯。他要女子身穿紅衣，而且紅衣剪得破破爛爛，臉上塗丹粉，頭上倒戴三腳鐵環吧？」

「還要點燃燭火。」

「那不是等於叫對方裝扮成瘋女？」

「沒錯。」

「打扮成那樣出現在人前，萬一遭人取笑，一般婦女可能會羞恥萬分，沒臉繼續活下去了。」

「晴明，你說的沒錯。我也沒察覺這點。」

「神官可能只是想戲弄那女子，萬一那女子當真了……」

「當真的話會怎樣？」

「不管怎樣，總不會有好結果。」

「嗯。」

「然後呢？那女子聽畢後，作何反應？」

「這個啊，晴明，聽說那女子聽畢，表情變得很恐怖，樂不可支地笑起來，接著手舞足蹈跑下山了。」

「挺可怕的。」

「說的也是。清介也說，他見那女子手舞足蹈離去的背影，也不禁感到

很恐怖。」

鑽進被褥後，清介依舊無法忘卻那女子欣喜的笑容。

本來想讓對方成爲笑柄，才說那種話，但那女子或許眞的會成爲鬼神。

繼而仔細一想，事情確實很奇妙。自己爲何只爲說那謊言，特地於深夜等待那女子前來？

難道眾人以爲自己所想出的主意，以及向那女子所說的種種，其實是高龗神在幕後操縱眾人？

否則，爲何會想出讓那女子戴三腳鐵環的主意？

「就在清介坐立不安大傷腦筋時，湊巧實忠前去打聽此事。」博雅道。

「原來如此。」

「話又說回來，晴明啊，你應該可以明講了吧。」

「明講甚麼？」

「爲何叫我遣人到貴船的理由。既然事情正如你所料，你就別再賣關子，可以坦白告訴我了吧？」

「原來你說的是此事。」

「到底爲甚麼？」

「是丑時。」

「丑時？」

「你不是說過，每逢丑時，濟時大人和他訪妻①的那位宗姬，會感覺不舒服嗎？」

「……」

「說起來，貴船神社的神祇，不是每逢丑年、丑月、丑日、丑時，會自天上降臨貴船山嗎？」

「的確是。」

「因而想向這位神祇禱告或下咒，甚或許願，也就必須在丑時去參拜。」

「原來如此。」

「不過，我認爲這可能不是出自那女子的主意。」

「甚麼？」

「換句話說，可能有人唆使她如此做。」

「你是說，那女子背後有人……」

「大概。」

「誰？」

「別急，博雅。我怎麼可能知道那麼多？」

「說的也是。」博雅點頭。「對了，晴明啊。」

---

①平安時代的男女交際習俗是「訪妻婚」，男方於夜晚探訪女方，住宿一夜後，翌日清晨離去。由於沒有法律約束，男方可以隨時中止「訪妻」行為。一旦男方不再來訪，女方可以再度尋覓適當人選。

「怎麼了？」

「老實說，實忠帶回這東西……」

博雅自懷中取出一樣用布包裹的東西。

「這是甚麼東西？」

「你打開看看。」

晴明自博雅手中接過包裹，打開一看，原來是兩個偶人。

「這不是偶人嗎？」

一個是稻草偶人，另一個是木偶人。

兩個偶人均寫有名字。

稻草偶人軀體上，貼著一張紙——

「唔，這……」晴明叫出聲。

紙上寫著「藤原濟時」。

木製偶人也貼著一張紙——

紙上寫著「綾子」。

「我要找的正是這個。」

「聽說是那女子離去後翌晨，清介在參拜路上發現的。」博雅道。

「掉落在樹林中那些眾多偶人，都沒貼上寫有名字的紙吧？」

「嗯。雖然好像有貼紙的痕跡，但都是痕跡而已，沒留下紙。」

「或許每晚下咒完後，撕下名條。」

「那，這個是……」

「這是下咒之前的偶人。或許聽到能夠成爲鬼神，那女子興高采烈奔回時，不小心掉落地上的。」晴明望著手中的木製偶人，接道：「偶人頸子綁著幾根頭髮，可能是名爲綾子那人的頭髮。」

「這邊的稻草偶人呢？」

晴明撥開稻草偶人軀體部分的稻草，伸入手指。

「喔，有了……」

晴明自稻草偶人中取出一小束頭髮。

「這是？」

「應該是濟時大人的頭髮。」

「唔。」

「用這類偶人施行厭魅法時，將詛咒對象的頭髮、指甲、血液、精液等等，或塞入，或綁住，或塗在偶人上，可以增強咒術法力。」

「眞是太可怕了。」

「每夜都換新偶人，還眞設想周到。」

「可是，藤原濟時大人我也認識，但這位綾子……」
「問題就在這裡。」晴明說。
「你也沒印象？」
「嗯。」
「我也沒印象，目前叫實忠去打聽……」
「不過，既然事情到此地步，直接問濟時大人比較快。」
「說的也是。」
「這事得趕緊辦。」
「要去嗎？」博雅微微直起腰身。
「等等……」晴明制止博雅，視線移至庭院。
「怎麼了？晴明……」
「好像有來客……」晴明低聲回道。
博雅也望向庭院，秋草叢中，吞天正伸出頭來。
「怎麼回事？」晴明問吞天。
「外頭有位自稱藤原實忠的大人來訪，說要會見安倍晴明大人及源博雅大人……」
「喔，是實忠。」博雅再度微微抬起本已坐下的腰身。

「請他來這兒。」

晴明說畢，呑天與上次蟬丸在座時一樣，瞬間消失蹤影，不久，帶領一位男子出現在窄廊。

「實忠大人來了。」

呑天慢條斯理頷首，直接從窄廊走下庭院，在草叢中蹲下身，消失了。

「敝人是藤原實忠。」

實忠雙膝跪在窄廊，向博雅一旁的晴明行禮致意。

待他抬起頭，看了他的臉，是個二十多歲的年輕男子，面貌討人喜歡，有點像猴子。

「怎麼了？」博雅問。

「我按博雅大人吩咐，四處找尋名爲綾子的宗姫……」實忠表情黯淡。

「找到了？」

「是，雖然找到了……」

「發生了甚麼事嗎？」

「綾子大人於昨晚過世了……」實忠再度行禮致意。

「甚麼？」

「博雅大人想找的綾子大人，於昨晚丑時不知被何物扭斷脖子，撒手塵

寰了。」實忠垂下臉，再度說明。

「這、這……」博雅不禁放大嗓門。

「我有位朋友專門賣綾布、棉布那類，這男子，因爲做這行，甚麼女子住在甚麼地方，他都非常清楚。我向這人打聽，他告訴我，綾子大人很可能是四條大路東邊橘長勢大人的女兒，方纔我就是到橘大人宅邸探看情況。」

「結果呢？」博雅問。

「到那宅邸前時，我發現宅內鬧成一團。」

實忠向晴明與博雅講述事情的來龍去脈。

來到宅邸前，實忠想窺視宅內，無奈大門緊閉。

就在他盤算下一步行動時，大門開了，幾個看似下人的男子，抬著覆蓋草蓆的門板，自宅內出來。

實忠立即尾隨跟蹤。

下人將覆蓋草蓆的門板抬到鴨川，擱在河灘。再將預先備好的柴薪堆積門板四周，點火。

柴薪燃起來，不久，四周飄蕩一股焦肉味。

一般說來，點火後，人的屍體會像火上的烤魚，自然而然扭動軀體，或往後仰。

門板上的物體也如此。

火勢逐步燒及屍體，那屍體開始繃緊軀體，抽筋般跳動。覆蓋其上的草蓆也燃燒起來，草蓆中的屍體，像是要掀開草蓆，手腕動了一下。

草蓆偏離，露出人手。此時，實忠才恍然大悟，原來下人在河灘燒的是屍體。

實忠逮住機會挨近一位下人，問對方：

「你們在燒甚麼？」

「你說呢？」

下人裝糊塗，實忠塞了幾枚錢，再度問：

「能不能告訴我？」

「昨晚，我們宅內的宗姬過世了。」下人低聲道。

「綾子大人？」

「喔，原來你認識她？正是綾子大人昨晚過世了。」

「難道你們現在燒的是綾子大人？」

「不是。」下人左右搖晃脖子，說：「是陰陽師。」

「爲甚麼得在這種地方燒陰陽師？」

「在這兒燒比較省事，燒完了可以置之不理。」
「置之不理？」
「比較不麻煩的意思。要是在宅內燒，不但會出煙，也會臭氣熏天，事情不是會鬧大？」另一名下人回答。
「反正不知從何處找來的過客陰陽師。再說，這法師要是法力強一點，也不會有這種結果。」又一個下人說。
「爲甚麼陰陽師在你們宅內？宅內發生了甚麼事嗎？」實忠問。
下人們只是彼此相望，默不作聲。
「不能再說下去了。」
「綾子大人遭人詛咒一事，我也知道。能不能告訴我到底發生甚麼事？」
實忠又塞了幾許錢，下人才掀開沉重嘴脣。
「老實說，三天前，綾子大人自己找來這過客陰陽法師，請他守護遭詛咒的綾子大人……」
「唔。」
「可是，無論這陰陽法師如何祈禱作法，都不靈驗……」
綾子小姐的容貌益發走樣，頭髮也大把大把脫落。
「結果，那個詛咒綾子大人的鬼，昨晚終於出現了。」

一個下人揚高聲調，另一下人接道：

「不，那不是鬼。應該是人間女子……」

「是鬼。」

「不，是人間女子。」

下人開始爭執起來。

「哪方都好。那鬼還是女子出現後，結果怎麼了？」貴忠問。

「那鬼力量非常大。她踢壞大門，又衝破格子板窗，闖進來……」

「是啊，我剛好在場，對方的樣子實在很恐怖。」

「面貌通紅。身上穿著破破爛爛的紅衣，頭上戴著點火的三腳鐵環……」

「簡直就是個狂女。」

下人異口同聲。

「然後呢？」

那女子或女鬼，來到綾子寢室時，在床前祈禱作法的陰陽法師，因過於恐懼爬著要逃開，對方竟用右足把他踢得四腳朝天，不假思索踏在他腹部。

腹部被踏扁，陰陽法師口中及肛門排出內臟，一命嗚呼。

綾子見狀，恐懼萬分，發出「哎呀」尖叫想逃離。然而，走不到幾步，對方便自後抓住她的頭髮。

對方往後拉曳綾子的頭髮，綾子下巴抬起後仰，對方另一隻手又立即抓住綾子頭部。

「啊呀這女人太可恨。不但搶走我夫君，連琵琶……」

頭戴鐵環，看似女鬼的女子雙眸，眼梢上吊。

「讓妳知道我的厲害！」

綾子的脖子喀吱喀吱作響，開始旋轉。

一次——

二次——

三次——

脖子旋轉之間，綾子的軀體及手腳左右揮舞，跳著奇妙舞蹈。

咚一聲，失去頭顱的軀體躺在地板，綾子四肢抽搐，手舞足蹈地啪嗒啪嗒拍打地板。

下人根本忘了逃開，呆呆望著那光景。縱使不想看，也無法移開視線。

女子雙眸流下血淚，順著臉頰，落在地板。

她潸潸放聲大哭，伸出血紅長舌，舔著手中的綾子臉部。

「啊呀太可恨，啊呀太可憎……」

女子啃咬綾子的臉頰，又嘖嘖吸吮綾子的眼珠。

「咿！」女子發出尖叫。

她懷中抱著扭斷的綾子頭顱，喔喔地發出類似喜悅又似哭泣的叫聲。

侍女侍與下人們自恐懼中回過神來，四周已不見女子蹤影。

三

「我從下人口中打聽出上述那些事，顧不得其他，就火速驅前來報告。」

實忠對晴明與博雅如此說。

實忠語畢，有一會兒，博雅說不出話來。

「這……」博雅壓低聲調喃喃自語。

「你說，那女子提到琵琶甚麼的？」晴明問。

「是。」實忠點頭。

此刻的博雅，無言以對。

「琵琶怎麼了？」晴明問。

「對了，有關那琵琶，我忘了說。」

「發生過甚麼事嗎？」

「是。我也掛意那琵琶，問下人有沒有記憶，一人說，他只記得一件

事。」

那下人說：

「我記得大約兩個月前，爲了琵琶，有個怪異女子前來……」

當天下午——

綾子心血來潮說要彈琵琶。

一名女侍立即取出琵琶，安置一切，綾子抱著琵琶開始彈。

或許琵琶是珍品，音色非常好，遺憾的是，綾子的琴技實在令人不敢恭維。不但時時彈錯，即便音色正確，節拍也不對勁。

宅子窄廊鋪著毛氈，綾子坐在毛氈上彈琵琶，這時，外邊突然一陣嘩噪，下人前來報告，說有個女子來訪，請求進內。那女子如此說：

「剛才路經此地，湊巧宅子內傳出琵琶聲，因那音色非常美妙，我想知道能發出如此音色的琵琶，到底是甚麼名品，能否讓我進去瞻仰一下？」

「該如何處置是好？」下人問綾子。

「別理她。千萬不可讓她進來。」綾子答道。

下人按主人吩咐，敷衍了幾句，將那女子打發走了。

下人打算回主人彈琵琶的窄廊時，發現那女子不知自何處闖進來，竟出現在庭院。

「因這音色太熟悉，令我情不自禁闖進貴府，仔細一看，那琵琶不正是『飛天』嗎？」女子道。

女子立在庭院，端詳了停止彈奏的綾子半晌，又開口：

「原來向濟時大人騙取琵琶的人，是妳？」女子凝視綾子手中的琵琶，顫聲質問：「那琵琶是我父母的遺物，爲何在妳手中……」

「奇怪了，妳到底在說些甚麼？我一句也聽不懂。」綾子自窄廊向庭院中的女子說：「這把琵琶，的確是濟時大人送我的，妳剛剛說，我向濟時大人騙取琵琶，未免太無禮了。」

「果然是濟時大人給妳的……」

女子說到一半，氣塞哽噎，說不出話來。她垂下眼簾，咬著嘴唇，沉默不語。接著，微微左右搖頭。

「啊，太可恥了……」女子細聲自語：「只因爲聽聞難忘的琵琶琴聲，不由自主潛進庭院，不料竟醜態畢露，而且偏偏又是在妳面前……」

「……」

「濟時大人，我實在恨你啊……」

女子雙眸溢出眼淚。

她看似三十出頭，滲出淚水的眼角，可見細微皺紋。

綾子在窄廊上俯視女子，待女子頓住話語，開口道：

「擅自潛入別人家宅子，突然說這種莫名其妙的話，到底在說些甚麼，我一句也聽不懂。」

「……」

「這教人如何忍得下哪。」

綾子手持琵琶站起身。

「濟時大人送我這把琵琶，我本來很中意，現在突然失去興趣，不想要了。」

她漲紅了豐腴雙頰如此說。

綾子芳齡十八。

一頭光潤烏黑長髮，雙唇也豐滿紅潤。

她以清澈眼眸望著女子，說：

「既然妳這樣在乎這把琵琶，乾脆帶回去吧。」

「妳願意還給我？」女子問。

「我何時說過要還給妳了？不是要還妳。是丟棄。」綾子高聲大笑。

「丟棄？」

「反正也彈不出好音色。這琵琶壞了，既然壞了，我打算丟棄，妳撿了這把琵琶後，要如何處置，是妳的事……」
語畢，綾子雙手抓起琵琶首，高高舉起，再用力往下擊打。
琵琶擊中窄廊欄杆，發出刺耳聲響。
綾子將琵琶扔到庭院。琵琶落在女子腳旁。
「妳怎麼……」女子雙膝跪地，抱起琵琶。
鑲著螺鈿圖樣的面板龜裂，紫檀背也破裂了。
女子依舊雙膝跪地，抱著琵琶仰望綾子。
「隨妳便吧。」綾子說。又以憐憫的眼神接道：「若哪天我拋棄了濟時大人，妳也會如現在這般撿拾他嗎？」
女子雙唇打著哆嗦，欲言又止，綾子不等女子開口，背轉過身，進入裡房。
女子用雙袖裹著損壞的琵琶，無言地自大門走出去——
「一名下人說，曾發生上述之事。」實忠描述完，說道。
「你說那琵琶有螺鈿圖樣，你知道是甚麼圖樣嗎？」
博雅似乎心裡有數，問實忠。
「聽說，那圖樣是展翅的鳳凰和仙女。」實忠答。

「唔……」博雅低聲呻吟，再顫聲說：「晴明啊，實忠剛剛說的琵琶，難道是昨晚蟬丸大人帶來的那把……？」

「嗯。」晴明點頭。

「這麼說來，聽到琵琶聲前往綾子宅邸的女子，和請求蟬丸大人祭奠琵琶的那女子，是同一人？」

「大概吧。」

「換句話說，她就是丑時到貴船宮參拜，施行厭魅法的三腳鐵環女子？」

「嗯……」

「那女子將綾子大人的脖子……」

實忠聽博雅如此說，問：「博雅大人，您已得知那女子及琵琶的事了？」

「多少……知道一點。」博雅難受地扭著身子說。

「您是說……」實忠再度問。

「實忠大人……」晴明開口。

「是。」實忠轉身面向晴明。

「我想託你一件急事。」

「甚麼事？」

「請你收集些草茅。」晴明道。

晴明說的草茅即芒草。

「草茅？」

「我想，大概束起來有人軀體那般大小的量，就行了。」

「收集後該如何處理？」

「能不能麻煩你儘快送到藤原濟時大人宅邸？愈快愈好。」

「包在我身上。若沒其他事，我這就……」實忠微微頷首說：「告辭了……」

語畢，實忠背轉過身，消失在窄廊彼方。

「晴明……」博雅面無血色問：「你好像很急，難道事情已刻不容緩了？」

「大概吧。」晴明點頭說：「很可能是今晚。」

「今晚？」

「今晚，三腳鐵環姬大概會到濟時大人那兒。」

「眼下不是快天黑了？馬上就要入夜了。」

「所以我才託實忠趕緊去辦事。不過，雖說夜晚，三腳鐵環姬大約丑時才會出現，在這之前，我們應該有時間大致準備好，也可以向濟時大人問出

此事的來龍去脈。」

然而，夕陽已大大西傾，將近大半都躲入山頭了。晴明庭院中鳴叫的秋蟲聲，也比方纔聒噪。

「今晚大概會很麻煩。」

「很危險嗎？」

「嗯。」晴明點頭。

「跳蟲啊，出來吧。」

他望向庭院，伸直右手食指與中指，於左掌上輕擊三次。

剛說畢，有個東西自窄廊下慢條斯理爬到秋草中。是蟾蜍。

「跳蟲？」

「是寬朝僧正大人送來的蛤蟆。」

晴明伸出手，蟾蜍一跳，蹲坐其上。晴明將蟾蜍放入狩衣袖口內，說：

「準備好了，博雅。走吧。」

博雅雙脣打著哆嗦。

「去不去？」晴明問。

「唔，嗯。」博雅吐出石子般，點點頭。

「走。」

「走。」

事情就這樣決定了。

四

晴明與博雅乘坐的牛車，在京城大路咯吱咯喳前進。

牽牛的是身穿華麗十二單衣的女子。

東方上空掛著將近滿月的橢圓月亮。月亮映照出牛與牛車的影子，地面卻不見那女子的影子。

女子是晴明操縱的式神，蜜蟲。

明明是秋天，微風中卻隱約飄蕩著藤花香，那是因爲蜜蟲是藤花精靈。

也不知雙足有無落地，女子的步伐，平滑得有如踏著空氣。

落日已隱沒了好一會兒，西山上空仍隱約發亮。

博雅雙膝上擱著用布裹著的琵琶。

他像在忍受某種痛苦，一直默不作聲。

可是，過一會兒，又像是耐不住痛苦地打破沉默。

「那個，話雖如此……」

博雅在牛車中自言自語般低道。

「博雅，怎麼了？」晴明問。

「我是說丑時參拜……」

博雅似乎想甩掉浮現心頭的感情。

「唔。」

「爲甚麼貴船神會施展邪惡本領，協助人下咒，或讓人成爲鬼神？」

「博雅，你這麼講，好像認定三腳鐵環姬已完全成爲鬼神了……」

「難道不是嗎？她不但打壞大門，還打壞格子板窗闖進室內，這根本不是一般人的力量可以辦到的。」

「無論那女子是鬼是人，神祇絕不會讓人成爲鬼。」

「是嗎？」

「博雅啊，是人自願成爲鬼。許願想變成鬼的，是人。貴船的高龗神及闇龗神，都只是出了點力而已。」

「……唔。」

「博雅，你聽好。何謂神祇？」

「神祇？」

「所謂神祇，追根究柢，不過是某種力量而已。」

「力量？」

「是人們將此力量命名爲高龗神或闇龗神……換句話說，在此力量下了咒，才形成神祇。」

「……」

「貴船神是水神吧？」

「嗯。」

「那我問你，水，是善是惡？」

「不知道……」

「雨水下在田地時，水是善。」

「唔。」

「可是，若雨水持續下，下到足以沖走村落時，這水應該是惡吧？」

「嗯。」

「然而，水的本質其實只是水而已，因人有善惡之分，才會將善惡之說加諸於水身上。」

「唔，唔，唔。」

「貴船神之所以掌管祈雨及止雨，原因也正在這裡。」

「唔。」

「鬼，道理也一樣。」

「你是說，並非神祇創造鬼，而是人們創造鬼？」

「是的。」

晴明點頭，再以無以形容的表情凝視博雅。

「博雅啊，我想，正因爲有鬼存在，人才會存在。正因爲鬼棲息在人心，人才會作詩詠歌。正因爲人心存在著鬼，人才會彈琵琶、吹笛。當鬼自人心消失時……」

「消失時會怎樣？」

「人也會自這世上消失吧。」

「眞的？」

「人與鬼，是不能一分爲二的存在。有人，才有鬼。有鬼，也才有人。」

「……」

「博雅啊，我說的不僅三腳鐵環姬一人。任何人都有想化爲鬼的時候。鬼棲息在每個人心中。」

「這麼說來，晴明，我心中也有鬼嗎？」

「嗯。」

「你心中也有鬼？」

「嗯，有。」

博雅聽畢，沉默下來。不久，感慨萬千地吐出一口氣，嘆道：

「人眞是悲哀的存在啊。」

此時，牛車停止前進。

瞬間，博雅以爲已抵達濟時宅邸，但又覺得未免太快了些。

「晴明大人，有訪客……」外邊傳來蜜蟲的聲音。

「沒想到有訪客。」晴明點頭。

「誰？」博雅掀起垂簾，往外張望。再低聲道：「是法師？」

仔細一看，有人站在牛車正面，正在窺探這方。

是個法師打扮的老人。

身上的衣服看似破布，頭髮也蓬亂倒豎，如雜草在頭上叢生。

老法師雙眸炯炯發光，望向牛車，低聲道：

「晴明，在嗎？」

「找我有事？」

晴明起身，自牛車下車，站在夜氣中。

「喔，果然在，晴明……」老法師說。

晴明笑容可掬地跨前一步，說：

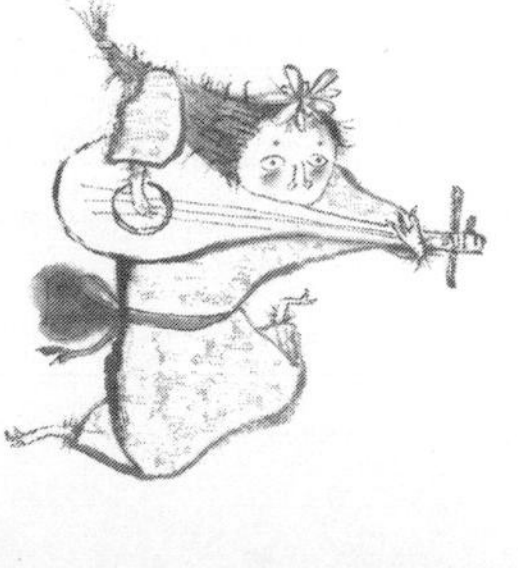

「原來是蘆屋道滿大人。您有何貴幹嗎？」

蘆屋道滿站在晴明面前。

月光滲進道滿的頭髮與稍嫌骯髒的僧衣，猶如全身發出奇異朧光。

「你是不是打算到藤原濟時宅邸？」道滿說。

「不愧是蘆屋大人，連此事都知道。」

晴明紅脣邊隱約可見微笑。

「最好別去……」道滿如吐出硬石般說。

「您是什麼意思？」

「你大概想去救不知被誰下咒的濟時吧，最好別去。那終歸是人世的事，吾輩不應該多管閒事。」

「啊哈……」晴明嘴角再度浮出微笑，「果然是您，道滿大人。」

「什麼意思？」

「我早就猜測，此事幕後可能有某人干涉，原來是蘆屋道滿大人……」

「你察覺了？」

「本來沒想到是道滿大人，倒是當初就猜測，一定有人傳授三腳鐵環姬於丑時去參拜的主意……」

「沒錯，的確是吾人教那女子那樣做。」

「您協助對方下咒？」

「不。吾人沒幫對方下咒。吾人只是告訴那女子，於丑時到貴船宮參拜一事。」

「既然如此，我就放心了。若必須應付道滿大人施行的咒術，很棘手。」

「晴明啊，別管這事……」道滿喃喃自語。

「別管？」

「人一心想成爲鬼時，你有方法阻止嗎？」

聽道滿如此問，晴明恢復嚴肅表情，答道：

「沒有……」

「所以啊，最好別插手人世的事。」道滿說。

晴明再度浮出笑容。

「可笑嗎？」

「您叫我別插手人世的事，可是，說這話的您，不是與此事關係最深嗎？」

聽晴明如此說，道滿嘴角首次浮出微笑。那是悲哀的微笑。

道滿仰望月亮，自言自語般低道：

「那天，也是如今夜這般，是個明月夜，吾人在堀川小路那一帶漫步。

遠處傳來笛聲……」

「笛聲？」

「那笛聲很優美。吾人情不自禁受笛聲吸引，繼續往前走。結果中途遇見個同樣走在路上的女子，仔細端詳，那女子是生靈……」

「然後呢？」

「生靈看似也受笛聲吸引，一路往前走。吾人覺得蹊蹺，跟在那女子身後，發現有個男子在堀川橋吹笛。那男子，哎，就是他……」

道滿炯炯有神的雙眼望向晴明後方。原來源博雅也自牛車下來，站在晴明身後。

博雅說不出話。

「博雅……」晴明低聲呼喚。

博雅點頭般微微收回下巴，跨出半步，站在晴明身邊。

他望著道滿，生硬地問：

「那晚，您也在那兒嗎？」

「嗯，在……」道滿點頭。

那時……

請救救我，博雅大人……

女子生靈哀求般向博雅如此說，接著消失蹤影。

「在你眼中，大概看似消失，其實那時正是那女子的實體醒過來了……」

「……」

「那生靈是女子睡眠中，脫離肉體在外遊蕩的靈魂……」

「結果，您之後呢？」晴明問道滿。

「吾人看到女子生靈往回走。半打趣地跟在那生靈後……」道滿說。

女子生靈順著堀川小路來到五條附近，消失在某棟宅子土牆內。

「那宅子荒廢得很，簡直不像有人住……」

就這樣，道滿與那醒過來的女子邂逅了。

女子醒來一看，眼前有個邋遢的奇異老僧。

然而，女子看到道滿時，並不驚訝。

「女子反而懇求吾人幫她。」

「懇求？」晴明問。

「嗯。」

低聲點頭後，道滿描述起當時的情景。

「您是何方人物？」女子問。

「陰陽法師道滿。」道滿答。

「既然是陰陽法師大人，您應該知道種種法術吧，例如向人詛咒的方法？」

「唔，是知道一二。」

「我想請求您一件事。」女子雙手扶地。

「甚麼事？」

「請您教授我其中一法。」

「甚麼？」

「我想咒死某人。」

女子說此話時，嘴唇噴出蒼白冰冷的火焰。容貌凝結一股淒涼之氣，美得無以形容。

「所以您心動了……」晴明向道滿喃喃道。

長長一陣沉默。月光中，道滿緊閉雙唇，似乎回想起當時情景。

「結果，您教她於丑時參拜貴船宮……」晴明說。

「嗯。」道滿點頭，「那是個可憐女子……」

「您知曉那位宗姬的苦衷？」晴明問。道滿點頭。

「不過，今晚你們自己問濟時詳情吧。」道滿說。

「您不打算阻止了？」

「不阻止。你們去吧。」

「可以嗎？」

「無所謂。」

「我想再請教一件事。」

「喔，甚麼事？」

「您知道那位宗姬目前在哪裡嗎？」

「不知道……」道滿說：「她已經成爲吾人無法制伏的存在了。」

「是嗎？」

「晴明，你遇見她時，打算如何？見了她，或許能說服她停止咒術，也或許能看情形殺死她。但是，也不過僅此而已。你無法涉及她的心……」

「涉及她的心？」

「晴明啊，與人相干，等於與悲哀相干，你明白嗎？」

「……」

「好久好久沒做如此美夢了……」

「道滿大人……」晴明一反常態，溫柔地呼喚道滿，問：「您迷戀上那位宗姬了？」

道滿不作答。只低微發出咯咯笑聲。

「晴明，你打算向那女子諄諄說道嗎？」道滿說：「若無法說服她，你打算祓除她嗎？吾輩能做的，終究不過如此而已。晴明，怎樣？若是你，你會如何做？」

道滿仿佛在向晴明懇求，要晴明設法救那女子。

接著，再度發出笑聲。

「晴明，你眞愚蠢。竟想與人發生關係……」

說畢，道滿背轉過身。

他放聲大笑，背影漸行漸遠。不久，消失蹤影。

博雅已面無血色。全身微微打顫。

「晴明……」博雅低語，聲音細微得幾乎要消失。

「你早就明白了吧？博雅……」晴明說。

「嗯……」博雅聲音哽在喉頭，點點頭，「你說得沒錯。晴明，我早就知道了。聽實忠描述後，我就知道了。」

「……」

「我知道詛咒藤原濟時大人的，正是那位堀川橋姬。你應該也早知道了吧，晴明……」

「嗯，知道。」

「那爲甚麼不說出來？」問過之後，博雅又搖搖頭，「不，我明白。晴明，我明白。我明白你是爲了我，才故意不說出來。」

「……」

「之前我很怕。很怕說出詛咒藤原濟時大人的，原來是那位宗姬。」

博雅像是忍受加諸於肉體的痛苦，扭轉身子，緊緊摟住手中琵琶，說：

「這琵琶，是那時候，那位宗姬在女車內彈奏的琵琶……」

博雅有如即將大哭出來的小孩，望向晴明，勉強擠出一絲聲音，說：

「你不能想想辦法嗎？晴明……」

「想甚麼辦法？」

「就是……想辦法。難道沒辦法了？」

「不知道。」

「爲甚麼？爲甚麼不知道？晴明……」

「我現在只能向你保證，我會設法救藤原濟時大人的性命。別的事，我無法定下任何許諾……」

「如果，如果你守護濟時大人的性命，下咒的宗姬會怎樣？」

「……」

「晴明，到底會怎樣？」

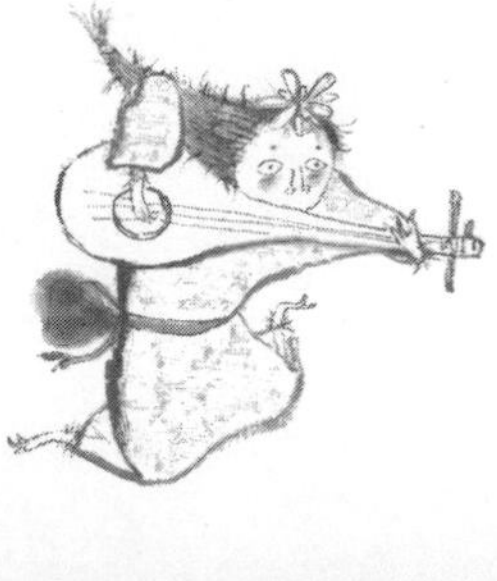

「抱歉，博雅。我現在只能向你說，我會盡己所能，如此而已。此外眞的無法許諾任何事。我不會施行詛咒回歸術。我會設法採取別的方式。」

「嗯。」

「要不然，我們不要去了？回家喝酒嗎？博雅……」

博雅似乎即將哭出來般望著晴明，發出悲慟叫聲。

「我不知道，不知道，不知道該怎麼辦。」

請救救我，博雅大人……

耳朵深處還留著那聲音。

「打算怎樣呢？」

「唔，嗯。」

「去嗎？」

「去、去……」博雅以僵硬聲音回道。

「走。」

「走。」

事情就這樣決定了。

春六生成姬

一

藤原濟時面無血色，坐在晴明與博雅前。

事前已支開眾人，故僅有三人在此。

「事情變得太恐怖了……」濟時的聲音微微發顫。

大概濟時也已耳聞綾子的慘狀。

「沒想到事情會變成那樣……」濟時視線不定。

看他以哀怨眼神望向晴明，瞬間又看他將視線轉向自己身後，然後又望向庭院。他似乎深信自己背後或庭院中，隨時會出現鬼神啖噬自己。

「請留神。」晴明說：「過於懼怕的話，詛咒也會以同等力量落在您身上……」

「唔，嗯。」濟時點頭，視線依然不定。

「我已知曉綾子大人昨晚發生了什麼事。」

「是、是嗎？」

「昨晚到綾子大人那兒的某物，今晚很可能會到濟時大人這兒來。」

「會來嗎？來、來我這兒？」

「是。若會來，應該是丑時……」

「救、救救我，晴明大人……」

「到底是誰如此憎恨濟時大人，您心裡有數吧。」

「有、有。」

「所幸離丑時還有時間。您能不能說說，到底發生過什麼事？」晴明問。

博雅坐在晴明身旁，一副忍耐著冰冷短刃刺進自己胸膛的神情，始終默不作聲。

抵達濟時宅邸之前，晴明在牛車中問博雅。

「這樣好嗎？博雅……」

「什麼意思？」

「見了濟時大人，我必須問他種種有關三腳鐵環姬的事。到時候，應該也有你不想聽的事。可以請濟時大人安排另一間房，你……」

「無所謂。」博雅打斷晴明的話，「晴明啊，我很感謝你的體貼，可是，事後你若因此事而對我有所顧慮，或對我隱瞞什麼，我寧願一開始就全部恭聽。」接著說：「況且，這是我拜託你幫忙的事。無論發生什麼事，我怎麼可以逃避呢？」

「明白了。」晴明點頭。

兩人在濟時宅邸前，下了牛車。

此刻，博雅膝上抱著蟬丸帶來、以布裹住的琵琶，與晴明一起傾聽濟時的話。

「我坦白說。」濟時點頭，下定決心般望向晴明。「這已是十二年前的事了。我因思慕某位女子，老早就時常送情書或禮物給對方，卻一直得不到滿意的答覆。她住在堀川小路五條附近某宅邸，名叫德子……」

濟時說出女子名字時，博雅深深吸了一口氣，閉上眼睛。

「她父親是某位皇族的後代，曾在太宰府任職大貳①，回京城後第四年就病逝了，當時德子姬年方十八。」

「她母親呢？」

「父親病逝那年，她母親也因過度操勞而撒手塵寰。」

沒落貴族——

話雖如此，父母在世時，還有人來往，雙親過去後，這些人逐漸疏遠，下人也一個個離去，宅邸漸次荒廢。

德子姬靠變賣家財，換取現金，勉強糊口。

「德子姬沒兄弟嗎？」

「有位弟弟，她設法籌措了費用，讓弟弟進大學唸書，可是好像也不太

①總管太宰府政務的職位。太宰府是總管西海道的官屬。

如意。而且這弟弟於某年夏天，因患上時疫而過世……」

「那眞是太可憐了……」

「當時，服侍德子姬的幾位老女僕中，有人從中牽線，我才好不容易得以見到德子姬。」

「這是十二年前夏天的事？」

「是。」濟時點頭，「那時，她似乎另有意中人，但見了我之後，對我稱心滿意，之後，我就時時去看她了。」

「德子姬有沒有說出意中人是誰？」

「沒有。她沒說過那位意中人的隻字半言。」濟時答道。

「綾子姬是何時開始的？」

「三年前左右開始去找她。」

「那麼，德子姬那方呢？」

「因兩人之間沒孩子，五年前就自然而然開始疏遠，最近這兩年都沒去看她。」

自從濟時不再送物品過去後，僅存的眾老女僕，也依次離去。

「我記得，今年的相撲大會，濟時大人負責照顧海恆世大人這方？」晴明換了話題。

「最近這三年，我的確都捧他的場。」
「在這之前，您不是一直支持眞髮成村大人嗎？」
「的確是，不過，因爲綾子支持海恆世大人，所以我……」
「原來如此。」晴明點頭，換了個坐姿，望向濟時，「我想問濟時大人一事……」
「請儘管問……」
大概心意已決，濟時似乎打算毫不隱瞞，和盤托出。
「您對博雅大人帶來的這把琵琶，有印象嗎？」晴明問。
博雅聽晴明如此說，睜開眼睛，解開膝上包裹，取出琵琶。
濟時瞧了一眼，立即叫出聲。
「喔……」
「您有印象嗎？」
「是。這是名爲『飛天』的琵琶。應該在綾子那兒，爲什麼……」
「您說的沒錯，這把琵琶的確是綾子大人的，但之前是哪位持有？」
濟時的回話哽在喉嚨深處，呑呑吐吐。
「您不好說嗎？」
「是。雖然這事很丟人，我還是說出來好了。」濟時咽下口中唾液，

「這把琵琶本來是德子的。」他繼續說：「我去看德子那段時期，德子偶爾會彈琵琶給我聽，彈的正是這把琵琶。因外型極為出色，音色也很美，我印象很深。」

「為什麼日後變成綾子大人的？」

「我非常中意這把琵琶，幾年前，清涼殿舉行和歌競賽時，我負責彈琵琶，那時便從德子那兒借來這把琵琶。」

琵琶就那樣一直存放在濟時這兒。

「到綾子那兒以後，某天晚上，我帶這把『飛天』去，彈給綾子聽。綾子聽了，也非常喜愛這把琵琶。」

「綾子大人也時常彈琵琶？」

「不，綾子彈得不好。她只是很中意『飛天』外型的美。」

「是綾子大人說想要『飛天』嗎？」

「是。她央求我留下琵琶……」

「綾子大人知道這把琵琶是德子姬的？」

「不。我想，她應該不知道。或許隱約察覺了也說不定。」

「是嗎？」

「我當時向她說，這是向某人借來的琵琶，不能給她……」

「綾子大人不依？」
「是。綾子碰到想要的東西時，依她的個性，就非要不可。那時她也苦苦央求……」
「結果您就給她了？」
「是。我向她說，從琵琶主人那兒買來的……」
「您向德子姬說了此事？」
「我無法向德子說，琵琶已給了綾子。我實在很自私，竟向德子撒了謊……」
「撒了什麼謊？」
「我說，琵琶失竊了。」
「唔。」
「我向她說，因這琵琶非常出色，也許是盜賊偷走打算高價賣人，也或許是下人拿走，又因爲聽說鬼怪喜歡好樂器，說不定是鬼怪偷走……」
換句話說，濟時向前任戀人撒謊，將前任戀人珍惜之物，送給年輕新戀人了。
「我確實做了很缺德的事。」濟時以枯澀聲音說。
「德子姬知道綾子大人的事？」

「我從來沒親口對她提起，不過，她應該已風聞我跟綾子的事。德子的下人會到處打聽我跟綾子的事……」

「原來發生過這種事？」

「晴明大人……」濟時鄭重其事地開口。

「什麼事？」

「我問這種問題可能不適當，不過，爲了這種事，人眞會成爲鬼嗎？」

「鬼？」

「男人到新戀人那兒，反之，女人迎進新戀人，這本是很常見。」

「是。」

「每逢這種事，人會成爲鬼嗎……」

「若我說不會，您會比較安心嗎？」

「不知道。可是，我到現在還無法相信，那位德子竟會變成鬼，扭斷綾子脖子……」

「濟時大人……」

「是。」

「任何人都不會對他人完全顯現自己內心。再者，也不能完全顯現。」

「……」

「人，內心具有連本人都無法理解的深淵。」

「是……」

「任何人的內心深淵，都棲息著鬼。」

「任何人？」

「是。」

「德子內心也棲息著鬼？」

「是。」晴明點頭，「人並非按自己意志而成爲鬼。即使當事人亟欲成爲鬼，也不一定就能成爲鬼，就算本人不想成爲鬼，也並不表示就一定不會成爲鬼……」

「……」

「除此一途，再無他法時，人，便會自然而然成爲鬼。」

「晴明大人，我該怎麼辦？」

「我聽聞此事時，事情已發展得比我預想中更快了。總之，先撐住今晚再說。」

「撐得過去嗎？」

「應該可以。」

「我該做些什麼事呢？」

聽濟時如此問，晴明一時答不出來，緘口無言，他看了一眼博雅，再將視線移回濟時身上。

「目前只有一個辦法可行。」

「什麼辦法？」濟時上半身前挺。

「有件事，我還沒向您說，德子姬已知道琵琶的事了。」

「什麼意思？」

「德子姬已知道，濟時大人將琵琶送給綾子大人的事。」

晴明向濟時說明實忠自下人口中聽來的事。正是綾子摔壞琵琶那事。

「原來發生過那種事？」濟時臉色益發陰暗。「我眞的不想讓德子知道此事。這實在太悽慘了。我很對不起德子。」

「您能親口向德子姬道歉嗎？」

「向德子道歉？」

「方才我說過只有一個辦法可行，指的正是此事。」

「……」

「無須任何準備，今晚，只要濟時大人獨自一人在這兒等德子姬來。」

「獨自一人？」

「是。」

「來了後，我該如何做？」
「德子姬來了後，您必須將現在所說的一切，毫無隱瞞地告訴她，並誠心誠意向她道歉。」
「若這樣就可以，我願意說。」
「不僅這樣。」
「還要做什麼？」
「您能向德子姬說，您至今仍愛她嗎？」
「不是說謊，而是出於眞心？」
「是。這句話必須出於眞心。」
「這樣就能得救嗎？」
「不知道。」
「不知道？」
「那要看德子姬聽了您這句話時，會有什麼感受。」
「……」
濟時默默無言地搖頭。
「您辦不到？」
「若一定可以得救，要我做什麼我都甘願，但是，目前我的心已遠離德

子了。」

「……」

「老實說，我覺得很對不起她，也覺得她很可憐，但我還是說不出愛她這種話。我現在對德子，只感到很恐怖。雖說是咎由自取，可是，對扭斷綾子脖子的德子，我只感到很恐怖，完全失去任何戀慕之情了。」濟時如吞下苦澀堅硬的小石子般，說道。

「既然如此，這方法就行不通了。」

「那該怎麼辦才好呢？」

「我另有方法。」晴明說。

「什麼方法？」

「我們來之前，有個叫實忠的男子運來茅草了吧？」

「是。」

「就用那茅草吧。」

「茅草？」

「是。爲此，我需要點東西，您能不能給我些許頭髮？」

「當然可以，但要頭髮做什麼？」

「讓德子姬看不到您的身姿。」

「看不到？我的身姿？」濟時莫名其妙地喃喃自語。
「只有德子姬看不到您，我們看得到。」
「……」
「不過，您聽好，爲此，您必須答應我一件事。」
「什麼事？」
「無論發生任何事，您都不能出聲。」
「出聲？」
「是。濟時大人若一出聲，我的法術會失敗。」
「失敗的話，會怎樣？」
「德子姬就可以看見您的身姿，到時恐怕很危險。」
「喔……」
「這是濟時大人您自己種下的禍根，請忍耐一下……」晴明說。
「明、明白了。」
濟時認命地點頭。

二

晴明與博雅在黑暗中屏氣凝神。

離丑時還有一段時間。

此處是藤原濟時宅邸。

目前，宅邸內只有晴明、博雅、濟時三人。

豎立的金屏風前，擱著一具眞人般大小的稻草人，那稻草人像眞人一樣坐在屏風前。

稻草人後面坐著濟時，他夾在屏風與稻草人之間。

晴明與博雅躲在屏風後，自剛才起，他們一直在等德子姬前來。

稻草人胸前貼著一張紙，紙上用毛筆寫著「藤原濟時」。

軀體內則塞著晴明向藤原濟時本人要來的頭髮及指甲。

「這樣，德子姬應該會把稻草人看成濟時大人……」

擱置稻草人時，晴明如此告訴濟時。

「我本來打算用這稻草人趕回詛咒，可是，現在無法如此做了……」

趕回詛咒的話，詛咒會原封不動回歸德子姬身上。那麼，德子姬將有性命之虞。

所以晴明迴避了「趕回」詛咒。

此刻，晴明與博雅在黑暗中，文風不動地徐緩重複呼吸。

徐徐吸進黑暗，又徐徐呼出黑暗。

每逢一呼一吸，黑暗就逐漸囤積體內，體內的骨肉及血液，彷彿都染上黑暗般。

「聽好，博雅。」

晴明在博雅耳邊呼氣可及的距離，低聲私語。

「什麼事？」博雅回道。

「我們所在之處，已結下結界。德子姬來時，即使從屏風後露出臉偷窺，德子姬也不會察覺，但是……」

「但是什麼？」

「我也向濟時大人說過了，德子姬出現後，絕對不能出聲。」

「若出聲會怎樣？」

「德子姬會察覺我們在此。」

「那又將會如何？」

「要是她察覺了，我們可能會跟綾子姬宅邸的陰陽師一樣，不是被踏死，就是被扭掉頭顱。」晴明說。

「我不會出聲……」博雅點頭低道。

博雅有氣無力。

若晴明出於體貼向博雅搭話，部分話語也會傳進屏風背後的濟時耳裡。

這並非博雅所希求的。

晴明也深知這點，所以盡量避不說出會觸及德子與博雅關係的話。博雅與德子在堀川橋相遇一事，兩人都沒告訴濟時。

晴明從懷中取出拴著蓋子的小瓶子。

「如果這是酒，我們可以來一杯，可惜情況不允許。」

「那是什麼？」

「是水。」

「水？」

「沒錯。」

「用來做什麼？」

「做種種事。雖然還不知道到底實際用得上或用不上。」

說畢，話題又中止了。

濃厚黑暗中，只傳出兩人徐徐吸入黑暗，又呼出黑暗的呼吸聲。

時刻逐漸消逝，緩慢得令人痛苦。

博雅的肉體簡直變成同黑暗一般性質。

此時——

「來了。」晴明低聲私語。

咯吱。

地板下沉的微弱咯吱聲，也傳進博雅耳裡。

不是老鼠也不是貓，是更重的物體踏在地板的聲音。

是人的體重致使地板下沉，木板與木板互相摩擦時所發出的聲音。

咯吱。

咯吱。

聲音逐漸挨近。

晴明在博雅一旁低聲念誦起咒文。

「謹上再拜開天闢地之神，伊奘諾伊奘冉之尊，於天上磐石，男女二神交合，結爲夫婦，傳示陰陽之道於世……」

聲音極爲低微，勉強可以傳到博雅耳邊。

「爲何不阻擾魍魎鬼神，非讓予死於非命？奉請大小神祇，諸佛菩薩，明王部天童部，九曜七星，二十八宿……」

稻草人前有三層高架子，上面豎立著染成青、黃、紅、白、黑五種顏色

的驅邪幡。
地板上僅擱置一只燭盤，上面點燃的微弱燭火形同虛設。
有別於此的另一盤燭火，在窄廊那方搖來晃去。
有個人影踩著地板，與那燭火同時慢條斯理進入三人所在的房間。
是女人。
是個黑長髮倒豎的女人。
她面塗丹粉，身穿破爛紅衣。頭戴三腳鐵環，鐵環腳朝上，各豎立著點燃的蠟燭。
燭光令女人的臉浮在黑暗中。
眼角上吊的雙眼。
塗得滿面通紅的臉。
那是張駭人的臉。
「濟時大人……」
女人發出隨時會消失的細微聲音。
「濟時大人……」
女人雙眼左右瞪視，不久，視線停在正面的稻草人身上。
「啊呀，太高興了……」

她脣間露出白齒，嘴角左右上揚。
嘴脣表面撲哧、撲哧地裂開，傷口滲出點點鮮血。
「原來您在這裡，濟時大人……」
女人發出溫柔聲音，往前挨近。
她右手握著鐵鎚和五寸鐵釘。
左手以類似細繩的東西，垂掛著看似沉重的圓形物體，不知爲何物。
「啊呀，久違後再見到您，眞是既愛又恨呀……」
說著說著，女人的頭髮也高高豎起，宛如表達女人內心的激動情懷，頭髮觸及燭火，發出小小青色火焰，縮成一團燒焦了。
空氣中充滿頭髮燒焦的味道。
夾雜在燒焦味中，隱約傳來衣服上的熏香。
女人在稻草人前，搖晃身子，起舞般扭動身子。
「能再度見到您，眞是令人懷念，令人難受，令人痛苦呀……」
嘴巴邊如此說，邊吐出飛舞的青焰。

失戀人沉賀茂川
蟬蛻為水底青鬼

吾似急流中螢火
魂消氣泄留餘燼
頭戴三腳鐵環火
焰焰燃燒赤女鬼
輕偎低傍枕邊人
情郎情郎久違矣

女人忿恨地咬牙切齒，手足在半空晃動，彷若起舞。

她充滿怨恨的眼神望著稻草人。

雙眸中燃燒著小小綠焰。

「爲何您要遺棄我？要是您一邊到那位女人家，再若無其事也來我家，就不會發生這種事了……」

說到此，女人又搖頭說：

「啊，我不知道，我不知道。我不知道當時若那般做，又會有何結果。我只知道現在的我，只能變成這般模樣。」

女人在流淚。

眼淚落到塗滿丹粉的臉上，像是血淚。

「我不知道您有二心，竟與您結下姻緣，如今的悔恨，都是出於自己的心。啊，就算您移情別戀，也不表示我的戀慕同樣會冷卻呀……」

君何以始亂終棄
君何以始亂終棄

「總是會想念您。一想念，就很痛苦。一想念，就很難受……」

再度起舞。

終日以淚洗面
滴滴千仇萬恨

「也難怪我積怨如此，成爲執迷不悟的女鬼……」

女人說畢，往前跨步，站在稻草人濟時面前。

「看吧，濟時大人……」

她將垂掛左手的物體高舉，似乎要讓濟時也能看清楚。

「這是綾子小姐的頭顱。」

一把抓新歡毛髮
揮舞長鞭笞續弦

左手握著綾子長髮，女人將頭顱懸在濟時眼前。

「看吧，您心愛的綾子小姐，已經不在這世上了。啊，好開心呀，啊，好開心呀……」

女人將綾子頭顱舉到自己眼前，臉頰貼著臉頰，上下摩撫。

她伸出紅舌，舔了一口臉頰上的血，再用舌頭舔著還圓睜的雙眼。

「綾子小姐已不在了。請濟時大人再度回到我身邊吧。」

女人拋出綾子頭顱。

綾子頭顱發出沉重聲響，落在地板上轉動。

女人又挨近稻草人濟時，一把抱住稻草人。

「難道您的雙唇，不肯再吸吮我的嘴唇了？」

她將自己的嘴唇貼到稻草人臉部看似嘴巴之處，用力吸吮，再用皓齒咬住稻草人嘴唇。

鬆開稻草人，女人蹲在地板，高掀起紅衣裙擺，張開白皙雙腳。

「難道您不肯再疼愛我這裡了？」

女人扭動腰部。

她雙手扶地，像狗一般匍匐前進，將臉埋在稻草人胯下，用牙齒沙沙啃咬該處的稻草。

抬起臉，用手貼在該處，訴苦般說：

「難道您這兒不再爲了我而高舉嗎？」

她音量放大，站起來。

「爲何默不作聲？」

左手持鐵釘，右手握鐵鎚。

「你這畜牲，濟時……」

頭髮左右激烈撥甩。

女人的長髮，交互纏在自己臉上，發出啪啪聲響。

把你的命給我吧

女人像巨大蜘蛛跳到稻草人身上。

「你明白了吧！」

她將左手握著的鐵釘貼在稻草人額上，高舉右手，用力搥打釘頭。

鐵鎚使勁敲打鐵釘。

噗。

鐵釘深深陷入稻草人額頭。

「明白了吧……」

「明白了吧……」

女人邊喊，邊以鐵鎚瘋狂地三番兩次搥打鐵釘。

長髮搖晃，觸及燭火，不時哧、哧地發出青白火光。

鐵釘逐漸深深陷入稻草人額頭。

慘不忍睹的光景。

此時……

「救、救命啊！」

有人發出悲鳴。是濟時的聲音。

「原、原諒我！不要奪走我的命！」

濟時從稻草人身後匍匐爬出來。

原來過於恐懼，濟時再也忍耐不住。

他似乎已站不起身，幾乎只能用手掌和手肘向前移動。

「咦，奇怪，爲何濟時大人有兩人……」

女人瞪視爬出來的濟時。

雙眼又望向偶人，接著揚起雙眉。

「啊呀，我當初以爲是濟時大人，這不是稻草人嗎？」

「咿！」濟時發出悲鳴。

「濟時，你這傢伙，騙了我。」

女人齜牙咧嘴。

「糟糕，博雅，我們出去。」

晴明低聲叫喊，抬起腰身。

「唔，嗯？」

博雅抱著琵琶，跟在晴明身後走出屏風。

此時，女鬼已追上濟時。

女人用左手抓住爬著想逃的濟時後頸，一把拉回來。

她撕裂濟時身上的衣服，濟時從左肩到胸部露出肌膚。

眞是駭人的力量。

可是，因衣領撕裂了，濟時反而得救。

濟時逃出女人手中，在地板上匍匐前進。

女人在後追趕。

「德子大人，請慢。」

晴明開口，但德子依舊追趕濟時。

晴明與博雅在場，德子似乎都視而不見。

晴明自懷中取出不知寫著什麼的靈符，對著德子高舉，卻又遲疑不決地放下來。

「不能用這個……」晴明望著博雅，大叫：「博雅，快彈琵琶！」

「喔，喔！」

博雅重新抱好琵琶，從懷中取出撥子，撥了琴絃。

琴聲響起。

尖銳地劃破黑暗。

琵琶琴聲嫋嫋響起。

〈流泉〉——

是式部卿宮傳給蟬丸，蟬丸再傳給博雅的曲子。

德子趕上了濟時，左手抓住他的衣領，並在他頭上抬起握著鐵鎚的右手，正打算用力擊裂濟時的額頭。

就在這時，博雅的琴聲響起。

德子停住動作。

「這琴聲，是飛天？」

她依舊高舉鐵鎚，回過頭來，望向琵琶琴聲傳來的方向。

德子視線停在博雅身上，瞬間眼神恢復正常。

「博雅大人……」

德子以博雅熟悉的聲音喃喃自語。

「德子姬……」

博雅低聲呼喚德子的名字。

他已停止彈奏。

抓住濟時的德子的手，鬆開了。

「哇！」

自德子手中逃離的濟時，大叫一聲倒在地上。

可是，德子無意去看他。

她和博雅彼此凝望。

彷彿乾枯大地緩緩滲出泉水般，德子臉上出現某種表情。

是恐怖神色。

「博雅大人……」

德子痛苦般地扭著身子。那聲音極爲悲痛。

「德子姬……」

「剛剛那……」德子好不容易才說：「您看到剛剛那光景了……」

博雅不知該怎麼回答。

「啊，這眞是可恥的模樣……」

塗著朱丹的臉。

頭上頂著三腳鐵環。

點燃的蠟燭。

「喔……」

德子發出叫聲。鐵鎚自她手上掉落。

「啊，這到底是什麼模樣……」

她發出尖叫，扭著身子。

「啊，這到底是什麼模樣……」

右手扯掉頭上的鐵環，拋在地上。

插在鐵環上的三根蠟燭，熄滅了兩根，僅剩一根在燃燒。

「爲什麼你會看見呢？博雅大人……」

脖子左右搖晃。

長髮唰唰地交互纏在脖子又鬆開，鬆開又纏上。

「喔……」

「喔……」

她在慟哭。

「眞可恥呀。」

「眞可恥呀。」

她瘋狂般雙足踏地，牙齒咬破嘴脣，發出呻吟。

雙手掩面。

「您看到了，看到我這可恥的模樣。」

德子搖著頭，挪開雙手時，雙眼眼角已裂開。

兩側嘴角撲哧撲哧裂到耳朵，露出白牙。鼻子塌陷，左右突、突地長出獠牙。

裂開的眼角流出鮮血，眼珠膨脹得有如自內側擠出。

接近額頭的頭髮中，發出嘎吱聲響長出某物。

是兩根角。

那角還未長成，外層裹著柔軟皮囊。是新生鹿角。

而且正在成長。

角穿破額頭上的肉，鹿角根流出鮮血，流到臉頰。

「是生成，博雅！」晴明大叫。

因嫉妒而化爲鬼的女人稱「般若」。而所謂「生成」，是指女人在化爲般若之前的狀態。

是人，卻非人。

是鬼，卻也非鬼。

德子正是化爲那種存在。

「咿！」

化爲生成的德子叫了一聲，嘩地轉身往外奔跑。

「德子姬！」

博雅手持琵琶奔至夜晚的庭院中，但已不見德子蹤影。

她已聽不到博雅的叫聲。

「博雅……」

晴明來到博雅身邊，呼喚他。

可是，博雅連晴明的呼喚都無法回應，只是茫然呆立在原地。

「啊，我到底，我到底，我到底做了什麼事……」

博雅雙眼凝望德子消失的黑暗彼方。

「發生什麼事了？」

出現的是一直待在屋外的實忠。

「我聽到疑似悲鳴聲，進來看看，兩位都無恙嗎？」

「喔，你來的正好。」晴明開口，「濟時大人在裡面。他沒事，但已嚇壞了。你能不能陪在他身邊？」

「晴明大人呢……」

「我們必須追趕鬼。」

聽晴明如此說，博雅才似乎回過神來。

「追德子姬？」博雅問。

「是的。」晴明點頭。他背轉過身，說：「走，博雅。」

還未說畢，已跨開腳步。

「哦，喔。」

博雅依舊手持琵琶，追在晴明身後。

三

深夜京城大路，牛車在月光映照下前行。

是輛奇怪的牛車。

雖是牛車，拉車的卻不是牛，而是巨大蟾蜍。蟾蜍背上架著橫軛，牛車在夜色中順著京城大路慢條斯理而下。

牛車內，博雅心不在焉，一下掀起垂簾望向車外，一下又將視線拉回車內。

「晴明啊，代替牛拉車的那隻蟾蜍，眞的可以追趕德子姬的行蹤嗎？」

「可以。我事先備妥了廣澤遍照寺的池水，潑在德子姬背上。」

「你說什麼？」

「拉牛車的跳蟲，是從遍照寺寬朝僧正大人那兒要來的。不可能忘掉曾經住過的池水味道。」

「什麼意思？」

「德子姬逃走後，空氣中留有池水水氣。跳蟲正是在追那水氣。」

「原來如此。原來是這麼一回事。」

博雅點點頭。

之後，博雅緊閉雙唇，抱著琵琶默不作聲。

牛車在沉默中，嘎吱嘎吱順著大路而下。

「晴明啊……」博雅向晴明搭話。

「怎麼了？博雅。」

晴明問著以走投無路的眼神望著自己的博雅。

「前些天，你不是說過任何人心中都住著鬼嗎？」

「嗯。」

「你聽好，晴明。只是假如，假如有一天我變成了鬼，你會怎麼辦？」

「放心，博雅。你不會變成鬼……」

「可是，你不是說過，若任何人內心都住著鬼，則我內心也住著鬼嗎？」

「說了。」

「那不就等於，我也可能成爲鬼嗎？」

「……」

「假如，我成爲鬼了，你會怎麼辦？」

博雅重複方纔的問話。

「博雅啊。假如你會逐漸化爲鬼，我大概無法阻止吧。」

「……」

「若這世上有人能夠阻止，那就是，你自己。」

「我自己……」

「沒錯。假如你想成爲鬼，任何人都無法阻止你。」

「……」

「我無法拯救逐漸化爲鬼的你。」

「也無法拯救德子姬？」

「嗯。」晴明點頭，「可是，博雅啊。我只能向你說一件事。」

「什麼事？」

「假如你眞成爲鬼了，我這個晴明也會袒護你。」

「袒護我？」

「嗯，袒護你。」晴明說。

博雅抱著琵琶，再度沉默下來。

嘎吱。

嘎吱。

只聽見牛車聲響。

博雅雙眼掉落一串淚。

「眞是的……」

博雅囁嚅著。

「你不要突然說這種話。」

「是你逼我說的，博雅。」

「我？」

晴明點頭表示「正是你」，再望向博雅。

「你今天見到蘆屋道滿大人了吧？」

「嗯。」

「正如道滿大人所說的。」

「什麼意思？」

「也就是說，我跟道滿大人一樣。」

「怎麼可能？」

「不，確實如此。」

「……」

「假若我跟道滿大人有不同之處，那就是，博雅啊，我身邊有你……」

晴明說。

「晴明啊。」博雅望著晴明，「我早就明白了。」

「明白什麼？」

「你其實是個比你自己所認爲的更體貼的男人。」

聽博雅如此說，這回輪到晴明沉默了。

「唔……」

對於博雅所說的話，晴明沒肯定也沒否定，只是微微點頭。

「博雅啊。」晴明低聲喚道。

「什麼事？」

「一旦離開的人心，無論發生什麼事，都不會歸來。」

「嗯……」博雅點頭。

「再怎麼焦躁，再怎麼難受，都不會歸來。這正是人世的道理。」

「……」

「德子姬應該也深切明白這點。」

「……」

「德子姬大概花了幾天、甚至幾十天，日日夜夜都在思考這道理，且以這道理想說服自己。她自己大概也不想成爲鬼……」

「嗯。」

「可是，正因爲無法信服才成爲鬼。正因爲不想成爲鬼卻成爲鬼了，這就是所謂的鬼……」

「……」

「要從人心眞正除去那鬼，只能除去那人本身。可是，除去那人本身這事，又很難辦到。」

晴明像在說給自己聽。

此時——

嘎吱！

牛車發出很大響聲，停止了。

四

晴明和博雅下了牛車，眼前是五條一帶的某處荒涼宅邸。

「晴明，這兒是……」博雅問。

「應該是道滿大人說過的，德子姬的宅邸吧？」

「那麼，宗姬她……」

「道滿大人雖說不知她在哪裡，看樣子，宗姬結果又回到自己生長的這宅邸來了。」

仔細一看，蟾蜍一路拉來的牛車，停在倒塌的瓦頂泥牆旁。身穿窄袖服的蜜蟲，站在拉牛車來的蟾蜍——跳蟲一旁，向晴明打躬致意。

「走吧，博雅……」

晴明自泥牆倒塌處跨進。

博雅抱著琵琶尾隨。

月光下，是個荒廢庭院。

秋草叢生，毫無踏足之處。

回頭一看，剛剛跨進來的泥牆倒塌處那附近，有胡枝子花。

這庭院跟晴明庭院有點類似，若要說不同之處，是這庭院眞的荒廢不堪。

大概有某家放牛童子，白天在此放牛吃草。庭院到處可見牛糞。

秋草上沾滿夜露，葉尖沉沉下垂。

每滴夜露都捕捉了蒼白月光，看似無數小月亮降落此庭院，在葉蔭休息。

往前望去，可見頹斜屋頂。

晴明撥開草叢徐徐邁步。

他的狩衣下擺，立即沾滿夜露而沉墜下來。

博雅跟隨晴明前進，來到宅邸前。

不知是否遭風吹雨打，一根濡濕柱子已即將腐爛，導致屋頂斜得很厲害。

地面長出來的艾草，順著柱子往屋簷攀升。

怎麼看都不像是有人居住。

「這兒是……」博雅喃喃自語，「原來這兒是德子姬生長的宅邸……」

再看過去，屋簷下那一帶，有已落英、只剩葉子的勺藥。

遠處那樹影，大概是櫻花。

博雅眼前，有塊秋草特別茂盛的地方。

挨近一看，原來是腐朽的牛車。

是半蔀車。

「這是……」

這是博雅往昔見過的女車。

那女車長年經受風雨而腐朽，如今在蒼白月光中，完全埋沒於秋草下。

「是德子姬以前乘坐的牛車……」博雅喃喃自語。

覆蓋牛車的草叢內，斷續傳出秋蟲叫聲。

如老邁野獸蹲坐的漆黑屋內，似乎也有秋蟲在鳴叫。

這宅邸，可看出往昔是棟氣派豪華的貴族府第，如今已面目皆非。窄廊及屋內，都長滿了秋草。

「德子姬在這宅邸……」博雅低道。

「走。」

晴明語畢，正打算隻腳跨上窄廊。

突然——

窄廊傳來人的動靜，有人站在窄廊。

「博雅大人，博雅大人……」

那人影如此呼喚。

是個老人。

是博雅耳熟的聲音。

「你是……」

「久違了……」

原來是十二年前第一次聽過的那聲音，跟在德子姬牛車旁那隨從。

隨從的肉體及聲音，都添上十二年的歲月。

「德子姬呢？」

「太遲了，博雅大人。」

隨從以沉穩得令人心驚的聲音說。

「太遲了？」

「是。」

「什麼太遲了？」

雖盡力壓抑，但博雅的聲音仍高到近乎悲鳴。

「博雅，進去吧。」

晴明跨上濡濕的窄廊。

抱著琵琶的博雅跟在其後。

晴明與博雅穿過隨從身旁，跨進屋內。

踏著腐朽木板前進，來到月光下。

原來是腐爛屋頂掉落了，月光自空洞射進屋內。

蒼白月光照射在雜草叢生的地板。

有人俯臥在月光中。

是個身穿紅衣的女子。

夜氣充滿了嗆鼻的鮮血味。

仔細一看，女子俯臥的胸部下，流出夜裡也可以看清的鮮血，宛如有生命般，在地板上逐漸擴大輪廓。

俯臥的女子，右手握著鮮血沾濕的匕首。

「遲了一步。她自己結束性命……」晴明說。

「德子姬……」

博雅在女子一旁跪下，將琵琶擱在地板，打算抱起女子。

結果——

德子突然自己翻身仰臥，自底下抓住博雅。
面貌已化爲鬼。
伸長的獠牙咯吱咯吱作響，正欲咬向博雅喉嚨。
然而，那獠牙沒抵達博雅。
嘎！
上下齒咬合了。
德子咬牙切齒，似乎在按捺內部湧上來的某種力量。
她左右甩頭。
「博雅大人……」
女子喃喃自語後，嘴角左右上吊，再度張開大口。
「咯咯咯……」
女子露出沾滿鮮血的牙齒笑道。
「本想抓住你，再吞噬你的……」
聲音不甘心地如此說。
一開口，女子嘴脣滑出駭人的綠色火焰。
女子口中流出鮮血，喉嚨咻咻作響。
博雅緊緊抱住德子。

「吃吧。」
他在德子耳邊低語。
「妳把我吃掉吧。吃我的肉吧。」
德子眼神恢復正常亮光，那亮光又立即消失，牙齒再度咯吱咯吱作響。
在德子內部，鬼和人在交互明滅。
喉嚨咕嘟咕嘟湧出鮮血。
原來德子用匕首刺進自己的喉嚨。
德子再度左右搖頭。
「啊，我辦不到。我怎麼做得出吞噬博雅大人的事呢……」
說畢，德子的牙齒又伸長了。
「對不起，對不起。」
博雅緊緊抱住德子如此說。
「讓晴明從中阻擾妳的，是我博雅。是我這個博雅，拜託晴明跟我來到此地的。是我阻擾了妳。所以，妳盡可以吃我的肉，啃我的心臟。」
博雅雙眼溢出眼淚。
德子眼中，又恢復人的亮光。
「博雅大人，您在哭泣嗎……」

化爲鬼的德子，斷斷續續細聲說。

「爲什麼哭泣呢？博雅大人……」

「啊，宗姬啊。我也不知道爲什麼會掉眼淚。爲什麼會哭泣，我也不知道啊。」

博雅雙眼湧出淚水，垂落雙頰。

「我戀慕妳呀。」

博雅望著德子。

「每想到妳，我就覺得很難受。」

博雅因痛苦而扭曲著臉如此告白。

「我都這麼老了……」

「我戀慕的正是老了的妳呀。」

「皺紋都增多了。」

「我戀慕的正是妳那增多的皺紋呀。」

「手腕和腹部，下巴都多了贅肉。」

「我戀慕的正是妳那贅肉呀。」

「容貌變成這樣，您也……」

「是。」

「變成這樣的鬼，您也……」

「是。」

博雅點頭，清晰地說：

「我戀慕的正是化爲鬼的妳呀。」

「啊……」

德子發出叫聲。

「這些話，要是能在十二年前聽到……」

「德子姬……」

「爲什麼，爲什麼十二年前那時，您不向我說這些話呢……」

「那時，我仍以爲時光能永遠持續……」

「……」

「我爲妳吹笛，妳聽我吹笛……我以爲這種時光能永遠持續。」

「無論任何時光，都無法永遠持續。」

說話的德子嘴角，鮮血流至下巴。

「人的性命也是……」

「性命也是？」

「舍弟在十二年前那時，因時疫而喪命……」

「這……」

「他那時雖進大學了，卻因父母過世後，積蓄逐漸用罄，終於為了是否要休學而自暴自棄度日，然後病倒了。」

「是。」

「舍弟曾向我說，他想休學當相撲人。」

「相撲人？」

「十二年前，大學學生和前來京城參加相撲大會的相撲人，曾起衝突互相鬥毆，舍弟說，那時，有人問他要不要當相撲人。」

「是哪位說的？」

「是眞髮成村大人。」

「喔。」

「舍弟很期待，可是，他在跟眞髮成村大人約定的那天，病倒了，躺了十天左右，終於成為歸人。」

擁有非凡的力量，卻不知如何應用而鬱鬱終日——

他無法繼續待在大學，變得很暴戾時，首次碰到成村如此向他說。

「所以妳那時才想讓成村大人得勝……」

咕咚。

德子收回下巴點了頭，眼睛卻變成鬼眼。

「是的。濟時那傢伙，一直捧成村大人的場，那時突然變心轉向海恆世……」

「德子姬……」

「我恨啊，濟時……」

「妳真是打心底戀慕濟時大人，是吧。」

「喔，喔喔……」

德子流著眼淚大叫。

眼神又恢復人心。

「舍弟過世後，濟時大人在各方面都不時照顧我，不知不覺便戀慕上他。沒想到……」

德子在博雅手腕中，像是不肯相信地左右搖頭。

抱著德子的博雅，袖子已因染上鮮血而逐漸溫暖濕潤。那溫度，也傳至博雅肌膚。

德子身上的體溫，不斷下降。博雅彷彿要阻止般，加強了腕勁。

德子在博雅手腕中掙扎。

她扭動身子，想逃出博雅懷抱。

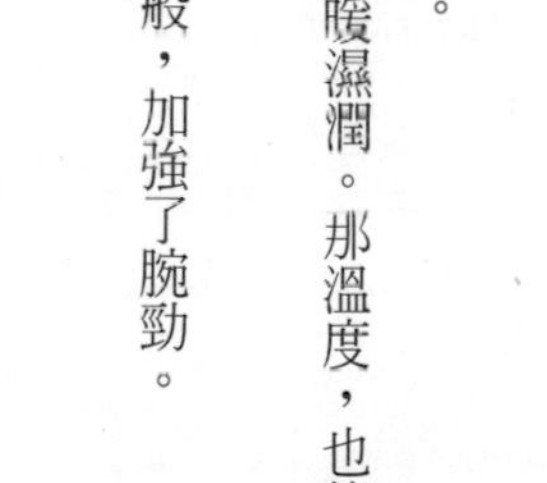

搖晃散亂的頭髮，搖晃脖子，接著抬起臉。

是鬼臉。

「畜牲，濟時，你變心愛上別的女人……」

喀一聲，德子又張開大口，咬住博雅左腕。

博雅咬牙忍住呻吟。

「博雅！」

晴明舉起持靈符的右手。

「沒關係，晴明。你什麼都別做。」博雅說。

德子邊哭泣邊咬住博雅的肉。

她眼裡流出血淚。

博雅也在流淚。

順著博雅臉頰流下的淚，掉在德子的鬼臉上，與血淚融合。

「竟然，竟然……」

德子咬著肉，如此呻吟。

「你竟然看到我那見不得人的模樣。」

她邊哭邊咬。

再三反覆地咬。

「我恨呀，博雅大人……」

「我恨呀，濟時大人……」

鬼發出嗚咽聲。

「德子姬……」

「德子姬……」

博雅低聲呼喚她的名字，並只能用力抱住德子。

事情至此，已無法可施。

沒有任何方法能阻止已化爲鬼的德子。

「德子姬……」

博雅以悲痛無以復加的溫柔聲音，低喚德子的名字。

德子眼眸中，再度點燃人心之火。

「啊……」

德子叫出聲。

「博雅大人，我竟然……」

她似乎察覺自己咬住博雅的肉。

「沒關係，德子姬。妳儘可以咬。妳儘可以吃我的肉。」

博雅顫抖著聲音。

「德子姬。世上有啊。有無論再如何哭泣，再如何痛苦，再如何難受，再如何心急，再如何思念，也喚不回來的人心啊……」

「我明白。我一切都明白。可是，啊，雖明白，人還是會成爲鬼啊。當這世間無以能治癒憎恨與悲哀時，人，只能成爲鬼。並非想成爲鬼而化成鬼。當人只剩這條路可走時，人才會成爲鬼啊。」

「嗚呼……」

「日日夜夜，幾天幾十天，甚至幾個月，我都想以無常之世的道理對濟時大人死心，可是，辦不到……」

「……」

「我在京城大路毫無目的徘徊時，偶然聽到送給濟時大人那琵琶聲……」

「是飛天吧。」

「是。那是我一直珍惜的父母遺物。積蓄用盡時，也捨不得變賣，始終留在身邊。」

「結果綾子姬持有這把琵琶。」

「事情發生在我化爲生靈，與博雅大人相遇的那天中午。」

「妳那時說要我救妳，我卻什麼也沒做……」

「我明白。我一切都明白。若是有什麼附身，可以祓除。若是生病，也可以治癒。可是，這不是附身之物。這是出自我內心的……」

「啊，德子姬。事到如今，我依舊不能爲妳做些什麼。不能爲妳做任何事。啊，我眞是，眞是個無力又愚蠢的男人。我這個博雅……」

「不，不。」

德子左右搖頭。

「愚蠢的是我。如今變成這個樣子，依舊無法消除。我的憎恨依舊無法消除……」

德子邊說，邊從口中吐出搖曳的青色火焰。

「讓博雅大人看到我這種見不得人的模樣，我的憎恨依舊無法消除。」

「德子姬……」

「我本來打算，既然如此，乾脆死了成爲眞正鬼神再向濟時大人作祟，所以自己刺了喉嚨。沒想到這時博雅大人竟來了……」

此時，德子早已奄奄一息，聲音也嘶啞了。

不將耳朵貼近，已無法聽清她的聲音。

因獠牙及牙齒都伸長，嘴唇無法併攏，說話聲也自牙齒間漏出吐氣，話語勉強可辨而已。

晴明只是凝望博雅和德子，文風不動。

他只是默不作聲傾聽兩人對話。

博雅將耳朵貼在德子脣邊。

「博雅大人……」

德子的血紅舌頭在牙齒間滾動。

「你把臉這樣挨近，我又會想咬你的喉嚨……」

咻一聲，德子吐出青焰，牙齒喀吱作響。

但是，那咬牙的喀吱聲，現在也變得很微弱了。

「琵、琵琶……」德子說：「博雅大人，請讓我再抱一次飛天……」

「噢，當然可以，當然可以……」

博雅伸出隻手取起擱在地板的琵琶，放在德子胸上。

德子伸出雙手，抱住琵琶。

右手指尖抓住琴弦，彈撥一下。

錚……

德子閉上眼，傾聽只發出一聲的那琴聲。

一呼吸——

二呼吸——

再幾度呼吸後，琵琶聲晃動著夜氣，悠揚響著，餘韻徐徐融化在大氣中。

德子似乎用耳朵在追尋那愈來愈微弱，消失於無限彼方的琴聲。

德子睜開雙眼。

「博雅大人……」

聲音微弱得像是將隨琵琶聲消失那般。

「是。」

「眞的，那笛聲實在好聽……」

德子以低不可聞的聲音說。

「德子姬……」

博雅的聲音也微弱下來。

「我想求你一件事。」

「什麼事？」

「再吹一次笛子……」

「笛子？」

「你能不能爲我吹一下笛子？」

「噢，當然可以……」
博雅將德子的頭輕輕擱在地板，從懷中取出葉二。
添上手指，貼在脣上，博雅開始吹笛。
清澈音色自葉二滑出。
那笛聲融化於自腐朽屋頂射進來的月光中，笛聲發出銀光。
德子陶醉地閉上眼。
博雅吹著葉二。
在吹笛之間，德子仍活著，活著傾聽笛聲——
博雅像是想求助於這點，不斷吹笛。
然後——
停止吹笛，博雅呼喚。
「德子姬……」
沒有回應。
「德子姬……」
博雅再度呼喚。
沒有回應。
一陣恐懼穿過博雅背部，他大聲叫。

「德子姬……？」

沒有回應。

「德子姬！」

博雅發出悲鳴般的尖叫。

原來德子抱著琵琶，仰望上空，入睡般地斷氣了。

接著，博雅察覺一件事。

「喔……」

德子姬的臉，已自先前的鬼臉，恢復成博雅熟悉的德子姬的臉。

「這……」

德子姬的額頭，已沒有角，嘴脣也沒露出獠牙。

「博雅啊……」

晴明溫柔地喚道。

「或許，你救了這位宗姬了……」

「救了？我……？」

「嗯……」

晴明慰勞博雅般點頭。

這時——

嗷嗚……

嗷嗚……

外面傳來類似野獸的哭聲。

晴明和博雅轉移視線，只見庭院出現一位白髮老人，正跨進屋內。是蘆屋道滿。

「道滿大人……」晴明道。

然而，道滿沒回應。

他緊閉雙脣，站在晴明與博雅一旁。

觀看道滿的臉，並沒哭泣。

剛剛聽到的那哭聲，難道是錯覺？還是蘆屋道滿內心的聲音，傳到耳裡？

道滿俯視德子，低聲說：

「可憐的人……」

接著，又傳來人的動靜。

那年老隨從站在窄廊月光下。

那隨從沒出聲，只是呆然站在那兒。

晴明望著隨從，開口說：

「這位……」
「是。」隨從頷首。
「我想拜託你一件事……」
「什麼事？」
「這宅邸似乎充滿了某種氣。」
「是氣嗎？」
「是不祥之氣，雖然現在已變得很微弱。」
「是，是……」
「你到外面，在這宅邸的東南西北四隅角落，挖挖柱子底下，若出現什麼東西，能不能拿到這兒？」
聽晴明如此說，隨從雙脣微微顫抖，似乎想說什麼。
晴明不讓他開口般，又說：
「拜託你了。」
隨從閉上將要啓齒的嘴脣，點頭道：
「是……」
行了個禮，走下庭院，隨從消失蹤影。
過一會兒，隨從回來。

「出現了什麼東西嗎？」

晴明問道，隨從自懷中取出三只貝殼緊閉的大蛤蜊。

「出現了這種東西。」

隨從將蛤蜊遞給晴明。

「東、西、南邊的柱子下，各埋著一只。」

「北邊的柱子呢？」

「沒出現任何東西。」

「我明白了。」

晴明點頭，將三只蛤蜊擱在左手上，口中小聲唸咒。

唸畢，右手食指貼在脣上，指尖依序觸摸三只蛤蜊。

結果——

依照晴明指尖觸摸蛤蜊的順序，蛤蜊啪嗒啪嗒地張開了。

博雅見狀，叫了出聲。

「喔……」

原來自張開的三只蛤蜊中，竟分別出現用丹砂塗得通紅的蟬蛻、部分蛇皮、蜉蝣屍骸。

「晴明，這是……」博雅莫名其妙。

「可是，北邊杜子怎麼沒出現任何東西？」

晴明若有所思地歪著頭。

「既然邪氣已薄弱，這表示，有人已於北邊杜子下挖出一只蛤蜊了……」

接著看似恍然大悟地點頭。

「原來如此……」

晴明望向道滿。

「道滿大人，是您吧？」

「沒錯。」道滿點頭。

道滿比晴明更早來過這宅邸。既然如此，道滿抵達此地時，不可能沒察覺這蛤蜊。

晴明正是想到這點，才那樣問道滿。

道滿自懷中取出一只蛤蜊。

「吩。」

小聲喚了一聲，道滿指尖觸及蛤蜊時，貝殼即張開了。

從中出現的是燒焦的漆黑柿種。

「初次到這宅邸時，吾人就感到一股怪氣。覺得或許是……到北邊杜子下挖，結果出現這個。反正只要挖出一個，咒力就幾乎全失，所以剩下三個

就隨它去了……」

「德子姬知道此事嗎？」

「吾人認爲事到如今說了也沒用，沒告訴她，大概是綾子姬那兒被殺的那個陰陽師，想出的鬼主意吧。」道滿說。

「晴明，那是什麼？爲什麼這兒有那種東西……」博雅問。

「這是詛咒這宅邸人去樓空，宅邸荒廢的咒術。」

「什麼？」

蟬蛻。

蛻皮的蛇皮。

蜉蝣。

燒焦的柿種。

「每樣都是表示失主的虛空物，無生命的東西，以及無法結果的東西。」

晴明說。

「到底是誰做了這種事……」

博雅說畢，晴明將視線移向隨從。

隨從那失去血氣的蒼白雙脣哆哆嗦嗦。

「是你吧？」晴明問。

「是。」

隨從點頭，聲音顫抖。

「不過，這不是綾子姬託我做的。是更早之前，我聽從陰陽師的吩咐做的。」

「陰陽師？」

「是。正是那位在綾子姬那兒被殺的陰陽師。」

「爲什麼你要這樣做？」

晴明問，隨從沉默了一會兒，接著告白：

「是濟時大人給我金子，託我做的。」

「什麼！」博雅叫出聲。

「因爲濟時大人一直無法從宗姬這兒獲得滿意答覆，才想利用這……」

「……」

「濟時大人認爲，若家裡撐不下去，宗姬大概會爲了維持這個家而不得不仰賴他……」

「太殘酷了……」晴明喃喃自語。

「我也沒想到事情竟會變成如此。即使不下咒，這個家本來就過得很拮据。我只是想，要是宗姬跟濟時大人和好，宗姬可以得到幸福，生活也可以

寬裕一點，沒想到會變成這樣……」

隨從邊說邊拾起掉在地板的宗姬的匕首。

「別了……」

隨從用匕首刺進自己喉嚨。

接著，往前撲倒。

博雅奔過來抱起他時，隨從已斷氣了。

「結束了……」道滿低聲說。

然後，道滿轉身，走下庭院，不知消失於何處。

茂盛的草叢中，秋蟲不斷鳴叫。

「晴明啊……」

博雅低微地說。

「事情眞的就這樣結束了吧？」

「唔。」

晴明也低聲地點頭，加上一句。

「嗯，結束了……」

博雅無言地呆立了很久。

然後——

「鬼和人，都是悲哀的啊……」

博雅自言自語般低道。

也不知是否聽到博雅的話。晴明仰頭自屋簷下望著銀色月亮。

五

藤原濟時在這一年病倒，躺了約兩個月後過世了。

德子姬和琵琶飛天，暗中埋在廣澤寬朝僧正的遍照寺。

晴明和博雅都在場。

下葬那天，下著秋雨。

是冰冷霧氣般的細雨。

雨下在整座山上，濡濕了庭院石子、樹木、楓紅落葉，以及一切。

三人坐在正殿，肅穆地談話。

寬朝僧正望著落在庭院的秋雨，喃喃自語。

「自上空落下來的水滴，池子內的積水，水的本質都不變，人的本質大概也一樣，是不變的吧。」

「即使想化爲鬼……您是這意思嗎？」晴明問。

「是的。」寬朝僧正沉靜地點頭。

博雅默不作聲傾聽兩人談話。

那年以後，每逢博雅在夜裡吹笛，生成模樣的德子姬便會出現。

德子姬抱著琵琶，不出一聲，只是傾耳靜聽博雅的笛聲。

有時現身房內，有時現身陰暗角落——

有時在外面或隱蔽處，有時在樹下。

德子姬靜聽笛聲，偶爾也會合著博雅的笛聲，主動彈奏琵琶。

每次都靜悄悄地出現，再靜悄悄地消失。

出現時，雖都是生成鬼的模樣，但消失時，已恢復人樣。

彼此都默默無言，從未交談一句話，但博雅每次都直至德子姬消失爲止，持續吹笛。

聲容宛在耳邊縈
言猶在耳不見人
香消玉碎成鬼神
香消玉碎別人間

後記

這回送出的是「陰陽師」長篇版《生成姬》。

這是從一九九九年初夏開始，幾乎花了整個夏天，在《朝日新聞晚報》連載的小說。

此書又增添了新插曲，並加寫了連載原稿。

「陰陽師」系列本來都在《文藝春秋》刊載，這回由朝日新聞社出版。

「陰陽師」長篇——

這其實有理由。

朝日新聞社託我在晚報連載時，離開始連載的日期只有一個月左右。

在這一個月中，要構思新的長篇故事很困難。雖然我也擅長邊連載邊構思故事的方式，但能用這種方式的，只限連載期間綽有餘裕時。連載結束日期於事前訂好，便無法用這種方式。

其實我有好幾個可以在短短準備期間內寫成的長篇構思，但那些都已決定在別處連載，預定在其他出版社寫的構思，不能擅自轉移出版社。

進退兩難時的安倍晴明——雖然不是這樣，但那時，我腦內浮出的，正是長篇版「陰陽師」。

以前就打算寫「陰陽師」長篇。

安倍晴明和源博雅這兩個角色，已經完成了，若是這兩人的故事，我隨時都可以在短時間內動筆。

繼而再說明一點，我曾在「陰陽師」短篇版內寫過〈三腳鐵環〉這篇故事，以前就很想把這篇故事寫成長篇。

這是根據能樂謠曲①《鐵輪》內容而來，此謠曲中也出現了安倍晴明。內容描述晴明守護一位遭受化成鬼的女子詛咒的男子。

可是，謠曲中，有關這位化爲鬼的女子，尤其後半部，我總覺得描述得不夠充分。

香消玉碎

成鬼神

謠曲內以這種謎題般的歌詞結尾。

「不，這不是寫出一切了？」

若有人這樣說，那我也沒話可說，可是在我看來，總覺得不夠充分。

---

①譯注：所謂「謠曲」，是能樂中說唱的曲子。能樂由舞、謠、伴奏三部分構成，謠（謠曲）包括合唱，是以語言說明故事的部分，但因有特殊臺詞和節奏，因此能成為獨立藝能。室町時代末期即為一種大眾娛樂，江戶時代以後更受武士、庶民歡迎。明治時代以後的謠曲人口雖有盛衰，但在今日，教授謠曲仍是能樂藝人的重要收入之一。

有關這位化爲鬼的女人心，我很想用說故事的方式讓它更完整。

因此，此篇故事是根據〈三腳鐵環〉而來。

這回另有個問題。

那就是，到底該如何向讀者說明安倍晴明及源博雅這兩位人物？

有關陰陽師這種專家行業和安倍晴明這人，至此爲止，在文春版的「陰陽師」中，已說明過幾次了。

這回該如何說明呢？

就結果說來，我決定在朝日新聞版的《陰陽師》內，再度自「何謂陰陽師……」這點從頭開始說故事。

因爲我認爲，《朝日新聞》的大多數讀者，大概不熟悉「陰陽師」這詞。

於是，這回又重新自《今昔物語集》中，挑出晴明的軼事介紹給讀者。

由於不能跟以前的手法相同，所以在演出上換新，採用讓讀者在閱讀出自古典的插曲時，不知不覺中進入此故事的手法。

有關這點，我想應該處理得很好。

言歸正傳——

雖然寫故事的本人如此說會有點怪，但是寫《陰陽師》時，我時常覺得，晴明和博雅這組合救了我很多次。

寫這兩人的會話時，總是很愉快，而且寫時，甚至會覺得，若是這兩人的會話，我大概可以幾乎無止盡地一直寫下去。

漫畫版——即岡野玲子小姐所畫的晴明與博雅，小說版也自然而然受其影響，這影響對此故事絕對起了正面力學的作用。

這回特別受到博雅的助力。

若這人物不存在的話，晴明和小說「陰陽師」大概也會成為完全不同的故事了。有時寫不出來，不知如何是好時，黑暗彼方總是會點起一盞類似路標的源博雅亮光。

我覺得，寫《生成姬》這件事，好像是一種用鋼筆在稿紙上塡寫醜陋文字，一格一格朝源博雅亮光前進的作業。

我想，我大概會半永久性地，以每隔幾年出一本的進度，一直持續寫「陰陽師」這故事吧。

二〇〇〇年一月三十日　於京都

夢枕獏

繆思系列
陰陽師〔第九部〕生成姬

作者／夢枕獏（Baku Yumemakura）　封面繪圖／村上豐
譯者／茂呂美耶
執行長／陳蕙慧
副總編輯／簡伊玲
編輯／王凱林
行銷企劃／李逸文・闕志勳・廖祿存
特約主編／連秋香
封面設計／蔡惠如
美術編輯／蔡惠如
內文排版／綠貝殼資訊有限公司

社長／郭重興
發行人兼出版總監／曾大福
出版／木馬文化事業股份有限公司
發行／遠足文化事業股份有限公司
地址／231新北市新店區民權路108之4號8樓
電話／02-2218-1417
傳眞／02-8667-1891
Email：service@bookrep.com.tw
郵撥帳號／19588272 木馬文化事業股份有限公司
客服專線／0800221029
法律顧問／華洋國際專利商標事務所 蘇文生 律師
初版一刷　2006年2月
二版一刷　2018年9月
定價／新台幣330元
ISBN 978-986-359-582-3

國家圖書館出版品預行編目（CIP）資料

陰陽師. 第九部 生成姬 / 夢枕獏著 ; 茂呂美耶譯-- 二版.
-- 新北市 : 木馬文化出版 : 遠足文化發行, 2018.09
320面 ; 14 x 20公分. -- (繆思系列)
ISBN 978-986-359-582-3 (平裝)

861.57　　107012442